JULES VERNE

Der grüne Blitz

Aus dem Französischen
von Cornelia Hasting

Mit einem Nachwort
von James Hamilton-Paterson

mare

Die Deutsche Nationalbibliothek verzeichnet diese Publikation
in der Deutschen Nationalbibliografie; detaillierte bibliografische
Daten sind im Internet unter http://dnb.ddb.de abrufbar.

Die vorliegende Übersetzung basiert auf der bei Le Livre de Poche,
Librairie Générale Française, Paris, 2011 erschienenen Ausgabe, die den
Text der Erstausgabe von *Le Rayon-Vert*, Bibliothèque
d'éducation et de récréation, J. Hetzel et Cie, 1882, wiedergibt.

1. Auflage 2013

Sämtliche Illustrationen von Léon Benett
aus der Erstausgabe mit freundlicher
Genehmigung von Bernhard Krauth,
www.jules-verne-club.de

Einband- und Schubergestaltung
Simone Hoschack, mareverlag, Hamburg
Bildrecherche Petra Koßmann, mareverlag, Hamburg
Typografie Farnschläder & Mahlstedt, Hamburg
Schrift Foundry Wilson
Druck und Bindung Kösel, Krugzell
Printed in Germany
ISBN 978-3-86648-180-0

MIX
Papier aus verantwortungsvollen Quellen
FSC® C083411

www.mare.de

JULES VERNE
LE RAYON-VERT
DESSINS PAR L. BENETT

Bruder Sam und Bruder Sib

– Bet!

– Beth!

– Bess!

– Betsey!

– Betty!

Derart waren die Namen, die einer nach dem anderen in der herrlichen Halle von Helensburgh erschallten. Es war eine Schrulle von Bruder Sam und Bruder Sib, auf diese Weise nach der Wirtschafterin des Landhauses zu rufen.

Gerade jetzt ließen diese üblichen Koseformen für Elisabeth die vortreffliche Hausdame jedoch ebenso wenig erscheinen, als hätten ihre Herren sie mit dem vollen Namen gerufen.

Es war der Verwalter Partridge persönlich, der sich, sein Barett in der Hand, in der Tür der Halle zeigte.

Partridge wandte sich an die zwei wohlmeinend dreinblickenden Gestalten, welche in einem Erker mit drei aus gläsernen Rauten bestehenden Fenstern saßen.

– Die Gentlemen haben nach Dame Bess gerufen, sagte er, aber Dame Bess ist nicht im Hause.

– Wo ist sie denn, Partridge?

– Sie begleitet Miss Campbell, die im Park spazieren geht.

Und auf einen Wink der beiden Gestalten zog Partridge sich würdevoll zurück.

Es waren die Brüder Sam und Sib, mit ihren wirklichen Taufnamen Samuel und Sebastian, Onkel von Miss Campbell. Als Schotten alten Schlages, Schotten eines uralten Clans aus den Highlands, kamen sie zu zweit auf ein Alter von hundertundzwölf Jahren, mit nur fünfzehn Monaten Abstand zwischen dem Älteren, Sam, und dem Jüngeren, Sib.

Um diese Muster an Ehrbarkeit, Güte und Hingabe mit wenigen Strichen zu skizzieren, genügt es, daran zu erinnern, dass sie ihr ganzes Dasein ihrer Nichte gewidmet hatten. Sie waren Brüder ihrer Mutter, die, ein Jahr nach der Hochzeit verwitwet, bald von einer tödlichen Krankheit hinweggerafft wurde. So blieben Sam und Sib Melvill die einzigen Hüter der kleinen Waise auf dieser Welt. In der gleichen zärtlichen Liebe zu ihr vereint, lebten sie, dachten sie, träumten sie nur für sie.

Ihretwegen waren sie Junggesellen geblieben, übrigens ohne Bedauern, da sie zu jenen guten Wesen gehörten, die auf Erden keine andere Rolle als die des Vormunds zu spielen haben. Und mehr noch: Der Ältere war dem Kind zum Vater, der Jüngere ihm zur Mutter geworden. So begrüßte Miss Campbell sie bisweilen ganz selbstverständlich:

– Guten Morgen, Papa Sam! Wie geht es, Mama Sib?

Mit wem ließen sich diese beiden Onkel besser vergleichen als, ausgenommen die Geschäftstüchtigkeit, mit jenen beiden so guten, so einigen, so liebevollen wohltätigen Händlern, den Brüdern Cheerbyle aus London, den vollkommensten Gestalten, die der Einbildungskraft von Dickens entsprungen sind! Ein treffenderer Vergleich ließe sich unmöglich finden, und müsste man dem Verfasser dieser Seiten vorwerfen, seine Figuren dem Meisterwerk *Nicholas Nickleby* entliehen zu haben, wird niemand diese Anleihe bedauern können.

Durch die Heirat ihrer Schwester mit einer Seitenlinie der alten Familie der Campbells verbunden, hatten Sam und Sib Melvill sich nie getrennt. Dieselbe Erziehung hatte sie innerlich gleich gestimmt. Gemeinsam hatten sie im selben College und in derselben Klasse denselben Unterricht erhalten. Da sie im Allgemeinen zu allem in identischen Worten die gleichen Gedanken vorbrachten, konnte stets einer den Satz des anderen vollenden, mit den gleichen Ausdrücken, unterstrichen von den gleichen Gesten. Kurz, diese beiden Wesen waren nur eines, wenn es auch in ihrer körperlichen Beschaffenheit einen gewissen Unterschied gab. Tatsächlich war Sam ein wenig größer als Sib, Sib ein wenig dicker als Sam; ihr graues Haar aber hätten sie tauschen können, ohne dadurch den Charakter ihres ehrlichen Gesichts zu verändern, welches die ganze Vornehmheit des Melvill'schen Clans spiegelte.

Muss hinzugefügt werden, dass sie im Schnitt ihrer schlichten und altmodischen Kleidung, in der Wahl ihrer Stoffe aus gutem englischem Tuch den gleichen Geschmack an den Tag legten, außer – wer vermöchte diese leichte Ungleichheit zu erklären? –, außer dass Sam tiefes Blau und Sib dunkles Kastanienbraun zu bevorzugen schien.

Wahrhaftig, wer hätte nicht in der trauten Gesellschaft dieser ehrenwerten Gentlemen leben mögen? Gewohnt, im Gleichschritt durchs Leben zu gehen, würden sie zweifellos kurz nacheinander stehen bleiben, wenn die Stunde der letzten Rast gekommen wäre. In jedem Fall waren diese beiden Pfeiler des Hauses Melvill tragfähig. Sie würden es noch lange aufrecht halten, das alte Gebäude ihrer Sippe, die aus dem vierzehnten Jahrhundert stammte – der Heldenzeit eines Robert Bruce und eines William Wallace, der heroischen Epoche, in der Schottland mit den Engländern um sein Recht auf Unabhängigkeit stritt.

Hatten Sam und Sib Melvill auch keine Gelegenheit mehr, für das Wohl des Landes zu kämpfen, und war auch ihr weniger bewegtes Leben in der Ruhe und Leichtigkeit verlaufen, die ein Vermögen schenkt, so dürfte man ihnen das weder zum Vorwurf machen noch meinen, sie seien aus der Art geschlagen. Indem sie das Rechte taten, lebten sie ganz in der noblen Tradition ihrer Vorfahren.

Da überdies beide von bester Gesundheit waren und sich

nicht die geringste Unregelmäßigkeit des Lebenswandels vorzuwerfen hatten, war es ihnen beschieden, älter zu werden, ohne je zu altern, weder geistig noch körperlich.

Einen Fehler hatten sie vielleicht – wer kann sich rühmen, vollkommen zu sein? Sie schmückten ihre Gespräche mit Bildern und Zitaten, die dem berühmten Schlossherrn von Abbotsford entliehen waren, und insbesondere mit den Heldengedichten von Ossian, für den sie schwärmten. Doch wer vermöchte ihnen das im Land von Fingal und Walter Scott zum Vorwurf zu machen?

Um ihr Bild mit einem letzten Pinselstrich zu vollenden, sollte festgehalten werden, dass sie große Tabakschnupfer waren. Jeder weiß, dass das Ladenschild der Tabakhändler im Vereinigten Königreich meist einen wackeren Schotten zeigt, mit der Tabaksdose in der Hand in seinem traditionellen Aufzug einherstolzierend. Nun, die Brüder Melvill hätten auf einem dieser am Vordach der Kontore quietschenden grellbunten Blechschilder vorzügliche Figur gemacht. Sie schnupften ebenso viel wie und sogar noch mehr als sonst jemand diesseits wie jenseits des Tweed. Sie hatten jedoch, ein charakteristisches Detail, nur eine einzige Tabaksdose – eine riesige allerdings. Dieses tragbare Möbel wanderte unentwegt von der Tasche des einen in die Tasche des anderen. Es war wie ein weiteres Band zwischen ihnen. Selbstverständlich verspürten sie im selben Moment, vielleicht zehn Mal in der Stunde, das Bedürfnis, einen tiefen Atemzug zu nehmen von dem ausgezeichneten Nikotinpulver, das sie aus Frankreich kommen ließen. Wenn einer die Tabaksdose aus den Tiefen seines Gewandes zog, verlangte es beide nach einer guten Prise und, wenn sie niesten, nach dem gegenseitigen Wunsch: »Gott segne uns!«

Kurz, zwei richtige Kindsköpfe, die Brüder Sam und Sib, in allem, was die Realitäten des Lebens betrifft; kaum auf dem Laufenden über praktische Alltagsdinge; in unternehmerischen, finanziellen oder geschäftlichen Angelegenheiten absolut ahnungslos und ohne jeden Anspruch, Bekanntschaft damit zu machen; politisch vielleicht im Grunde Jakobiten, wobei sie einige Vorurteile gegen die herrschende Dynastie von Hannover hegten und vom letzten Stuart träumten, wie ein Franzose vom letzten Valois träumen könnte; noch weniger bewandert schließlich in Fragen des Gefühls.

Und doch hatten die Brüder Melvill nur einen Wunsch: lesen zu können im Herzen von Miss Campbell, ihre heimlichsten Gedanken zu erraten, bei Bedarf in die richtigen Bahnen zu lenken, ihren Horizont wenn nötig zu erweitern und sie schließlich mit einem braven Kerl ihrer Wahl zu verheiraten, der nichts anderes als sie glücklich machen konnte.

Wenn man ihnen Glauben schenken wollte – oder vielmehr sie reden hörte –, schien es, als hätten sie genau den braven Kerl gefunden, dem hienieden diese reizende Aufgabe zufiele.

– Helena ist also ausgegangen, Bruder Sib?

– Ja, Bruder Sam; aber es ist fünf, und sie muss gleich wieder im Cottage sein ...

– Und sobald sie zurück ist ...

– Ich denke, Bruder Sam, dass es Zeit wird, ein sehr ernstes Wort mit ihr zu reden.

– In ein paar Wochen, Bruder Sib, wird unsere Tochter achtzehn sein.

– Das Alter von Diana Vernon, Bruder Sam. Ist sie nicht

ebenso entzückend wie die bezaubernde Heldin aus *Rob-Roy*?

– Ja, Bruder Sib, und durch ihre anmutige Art ...

– ... ihren lebhaften Geist ...

– ... ihre originellen Einfälle ...

– ... erinnert sie mehr an Diana Vernon als an Flora Mac-Ivor, die große und erhabene Gestalt aus *Waverley*!

Voller Stolz auf ihren Nationalschriftsteller zitierten die Brüder Melvill noch weitere Namen von Heldinnen aus *The Antiquary*, aus *Guy Mannering*, *The Abbot*, *The Monastery*, aus *The Lovely Girl From Perth*, aus *Kenilworth* etc.; ihres Erachtens mussten jedoch alle Miss Campbell den Vortritt lassen.

– Sie ist ein junger Rosenstrauch, der ein wenig schnell gewachsen ist, Bruder Sib, und bei dem es nottut ...

– ... dass man ihm einen anderen Rosenstock als Stütze gibt, Bruder Sam. Und ich habe mir sagen lassen, dass die beste Stütze ...

– ... selbstverständlich ein Ehemann sein wird, Bruder Sib, denn er schlägt Wurzeln im selben Boden ...

– ... und wächst ganz natürlich, Bruder Sam, mit dem jungen Rosenstrauch, den er stützt!

Die Brüder Melvill waren zusammen auf diese Metapher gekommen, eine Anleihe aus dem Buch *The Perfect Gardener*. Zweifellos waren sie damit zufrieden, denn sie rief das gleiche freudige Lächeln auf ihren gutmütigen Gesichtern hervor. Die gemeinsame Tabaksdose wurde von Bruder Sib geöffnet, der vorsichtig mit zwei Fingern hineingriff; dann wanderte sie in die Hand von Bruder Sam, der sie, nachdem er eine große Prise genommen hatte, in seine Tasche steckte.

– Dann sind wir uns also einig, Bruder Sam?

– Wie immer, Bruder Sib!

– Selbst über die Wahl der Stütze?

– Ließe sich denn eine sympathischere und passendere für Helena finden als dieser junge Gelehrte, der uns wiederholt seine hochanständigen Gefühle kundgetan hat …

– … seine ihr gegenüber so aufrichtigen Gefühle?

– Wohl kaum, in der Tat. Gebildet, ein Absolvent der Universitäten von Oxford und Edinburgh …

– … Physiker wie Tyndall …

– … Chemiker wie Faraday …

– … mit profunder Kenntnis aller Dinge dieser Welt, Bruder Sam …

– … und den man mit keiner Frage, was auch immer betreffend, in Verlegenheit bringen kann, Bruder Sib …

– … der aus einer ausgezeichneten Familie der Grafschaft Fife stammt und im Übrigen Besitzer eines stattlichen Vermögens ist …

– … ohne von seinem sehr angenehmen Äußeren zu reden, selbst mit seiner Aluminiumbrille!

Wäre die Brille dieses Helden aus Stahl, Nickel oder sogar aus Gold gewesen, die Brüder Melvill hätten darin keinen Makel gesehen. Tatsächlich stehen diese optischen Geräte jungen Gelehrten, deren etwas ernste Physiognomie sie wunschgemäß abrunden, gut zu Gesicht.

Doch würde dieser Absolvent besagter Universitäten, dieser Physiker, dieser Chemiker Miss Campbell gefallen? Wenn Miss Campbell Diana Vernon glich, so hat Diana Vernon bekanntlich für ihren gelehrten Vetter Rashleigh nichts Weiteres als tiefe Freundschaft empfunden und ihn am Schluss des Buches auch nicht geheiratet.

Nun, solche Sorgen machten sich die beiden Brüder wirk-

lich nicht. Sie behandelten die Sache mit der ganzen Unerfahrenheit alter Junggesellen, die in diesen Dingen nicht gerade kompetent sind.

– Sie sind sich schon oft begegnet, Bruder Sib, und unser junger Freund schien nicht unempfänglich für Helenas Schönheit!

– Das will ich meinen, Bruder Sam! Hätte der göttliche Ossian ihre Tugenden, ihre Schönheit und ihre Anmut preisen müssen, hätte er sie Moina genannt, also die allseits Geliebte ...

– Wenn er sie nicht Fiona genannt hätte, Bruder Sib, also die unvergleichliche Schöne gälischer Zeiten!

– Sah er nicht unsere Helena vor sich, Bruder Sam, als er sagte: »Sie kommt aus der Zuflucht, wo sie im Verborgenen seufzte, und tritt wie der Mond hinter einer Wolke des Orients in ihrer ganzen Schönheit hervor ...«

– »Und der Glanz ihrer Reize umgibt sie wie ein Strahlenkranz, Bruder Sib, und der Laut ihrer leichten Schritte schmeichelt dem Ohr wie eine liebliche Musik!«

Glücklicherweise ließen die beiden Brüder es bei diesen Zitaten bewenden und kamen aus dem leicht bewölkten Himmel der Barden zurück auf den Boden der Realität.

– Wenn Helena unserem jungen Gelehrten gefällt, sagte der eine, wird er ganz sicher auch ihr gefallen ...

– Und wenn sie, Bruder Sam, den großen Qualitäten, mit denen er von der Natur so reich beschenkt wurde, noch nicht alle gebührende Aufmerksamkeit geschenkt hat ...

– ... dann nur, Bruder Sib, weil wir ihr noch nicht gesagt haben, dass es Zeit ist, ans Heiraten zu denken.

– Doch an dem Tage, da wir nur ihre Gedanken auf dieses Ziel lenken werden, mag sie auch irgendeine Voreingenommenheit wenn nicht gegen den Ehemann, so doch gegen die Ehe haben ...

– ... wird sie gleich Ja sagen, Bruder Sam.

– Wie jener vortreffliche Benedict, Bruder Sib, der nach langem Widerstand ...

– ... schließlich am Ende von *Viel Lärm um nichts* Beatrix zur Frau nimmt!

So legten sie sich die Dinge zurecht, die beiden Onkel von Miss Campbell, und der Ausgang dieser Ränke erschien ihnen ebenso natürlich wie der des Lustspiels von Shakespeare.

In gemeinsamem Einverständnis hatten sie sich erhoben. Mit leisem Lächeln schauten sie sich an. Sie rieben sich ordentlich die Hände. Diese Heirat war beschlossene Sache! Was sollte dabei noch schiefgehen? Der junge Mann hatte bei ihnen um Helena angehalten. Das junge Mädchen würde ihnen seine Antwort sagen, über die sie sich keinerlei Gedanken machen mussten. Alles war in bester Ordnung. Nur das Datum musste noch festgelegt werden.

Es würde wahrhaftig eine schöne Feier werden. Sie fände in Glasgow statt. Allerdings nicht in der Kathedrale von St. Mungo, der einzigen Kirche Schottlands, die außer St. Magnus auf den Orkneys in der Reformationszeit verschont geblieben war. Nein! Sie ist zu gewaltig und daher zu düster für eine Hochzeit, die in den Augen der Brüder Melvill wie jugendliches Erblühen, wie strahlende Liebe sein musste. Man würde vielmehr St. Andrew wählen, oder St. Enoch, oder sogar St. George, welche im vornehmsten Teil der Stadt liegt.

Bruder Sam und Bruder Sib spannen weiter ihre Pläne in einer Form, die eher an einen Monolog als an einen Dialog erinnerte, da es stets die auf gleiche Weise ausgedrückte Folge der gleichen Gedanken war. Während sie sprachen, blickten sie durch die Rauten des geräumigen Erkers auf die schönen Bäume des Parks, unter denen Miss Campbell gerade wandelte, auf die grünenden Rabatten um die munteren Bäche, auf den von lichtem Dunst erfüllten Himmel, den es wohl nur über den Highlands mitten in Schottland gibt. Sie sahen einander nicht an, das wäre unnötig gewesen; doch ab und zu fassten sie sich am Arm, drückten sich die Hand, als wollten sie durch irgendeinen magnetischen Strom den Austausch ihrer Gedanken vertiefen.

Ja, das würde prachtvoll! Man ginge die Dinge großzügig und in allen Ehren an. Die armen Leute aus der West-George Street, wenn es welche gab – und wo gibt es keine? –, sollten bei dem Fest nicht vergessen werden. Wünschte Miss Campbell, was nicht anzunehmen war, dass alles einfacher vonstattenginge, und wollte sie ihre Onkel diesbezüglich zur Vernunft bringen, wüssten sie ihr zum ersten Mal in ihrem Leben die Stirn zu bieten. Weder in diesem noch in irgendeinem anderen Punkt würden sie nachgeben. Beim Hochzeitsmahl würden die Gäste nach altem Brauch feierlich »auf den Dachstuhl« anstoßen. Und Bruder Sam streckte seinen Arm im selben Moment aus wie Bruder Sib, als prosteten sie sich im Voraus mit dem berühmten schottischen Trinkspruch zu.

In diesem Augenblick flog die Tür der Halle auf. Ein junges Mädchen erschien, die Wangen gerötet vom Schwung eines schnellen Laufs. Ihre Hand schwenkte eine offene Zeitung. Sie lief zu den Brüdern Melvill und beehrte jeden der beiden mit zwei Küssen.

– Guten Morgen, Onkel Sam, sagte sie.

– Guten Morgen, liebe Tochter.

F. MÉAULLE

– Wie geht es, Onkel Sib?

– Wunderbar!

– Helena, sagte Bruder Sam, wir müssen eine kleine Abmachung mit dir treffen.

– Eine Abmachung! Was für eine Abmachung? Welches Komplott habt ihr da geschmiedet, liebe Onkel?, fragte Miss Campbell, deren Blicke schelmisch vom einen zum anderen schweiften.

– Du kennst diesen jungen Mann, Mister Aristobulus Ursiclos?

– Ich kenne ihn.

– Würde er dir missfallen?

– Warum sollte er mir missfallen, Onkel Sam?

– Also gefiele er dir?

– Warum sollte er mir gefallen, Onkel Sib?

– Nun, wir Brüder denken nach reiflicher Überlegung daran, ihn dir als Ehemann vorzuschlagen.

– Heiraten! Ich!, rief Miss Campbell und brach in das fröhlichste Gelächter aus, das die Echos der Halle je wiederholt hatten.

– Du willst nicht heiraten?, fragte Bruder Sam.

– Wozu denn?

– Niemals?, fragte Bruder Sib.

– Niemals, erwiderte Miss Campbell und setzte eine ernste Miene auf, die ihr lächelnder Mund Lügen strafte, niemals, liebe Onkel ... Zumindest nicht, solange ich ihn nicht gesehen habe ...

– Wen denn?, riefen Bruder Sam und Bruder Sib aus.

– Solange ich ihn nicht gesehen habe, den grünen Blitz.

Helena Campbell

Das Cottage, in dem die Brüder Melvill und Miss Campbell wohnten, lag drei Meilen entfernt von dem kleinen Nest Helensburgh, am Gare Loch, einer jener malerischen Buchten, die sich eigenwillig ins rechte Ufer des Clyde graben.

Im Winter bewohnten die Brüder Melvill und ihre Nichte ein altes Stadtpalais in der West-George Street, im Adelsviertel der Neustadt unweit des Blythswood Square. Dort hielten sie sich das halbe Jahr über auf, wenn nicht eine Laune von Helena – der sie sich widerspruchslos unterwarfen – sie auf irgendeine längere Reise Richtung Italien, Spanien oder Frankreich führte. Auf diesen Reisen sahen sie weiterhin nur durch die Augen des jungen Mädchens, begaben sich dorthin, wo es ihr gefiel, machten halt, wo es ihr behagte, bewunderten nur, was sie bewunderte. Hatte Miss Campbell dann das Album geschlossen, in dem sie, sei es mit dem Stift, sei es mit der Feder, ihre Reiseeindrücke festhielt, traten sie folgsam den Rückweg ins Vereinigte Königreich an und kehrten nicht ohne eine gewisse Befriedigung zurück in die gemütliche Behausung in der West-George Street.

Zählte der Mai bereits drei Wochen, verspürten Bruder

Sam und Bruder Sib ein unbändiges Verlangen, aufs Land zu ziehen. Es befiel sie just in dem Moment, da Miss Campbell selbst das nicht weniger unbändige Verlangen bekundete, mit Glasgow den Lärm einer großen Industriestadt zu verlassen, der manchmal bis ins Viertel von Blythswood Square brandenden Geschäftigkeit zu entfliehen, endlich wieder einen weniger rauchgeschwängerten Himmel zu sehen, eine Luft zu atmen, die weniger mit Kohlensäure belastet war als Himmel und Luft der alten Metropole, deren wirtschaftliche Bedeutung vor einigen Jahrhunderten von den Herren des Tabaks, den *tobacco lords*, begründet wurde.

Der ganze Hausstand, Herrschaft und Dienstleute, brach also auf ins Cottage, das höchstens zwanzig Meilen entfernt war.

Ein hübsches Plätzchen ist es, dieses Dorf Helensburgh. Man hat es zum Kurort gemacht, viel besucht von allen, deren Mußestunden es gestatten, abwechselnd Spazierfahrten am Clyde und Ausflüge zu den bei Touristen beliebten Seen Loch Katrine und Loch Lomond zu unternehmen.

Eine Meile vom Dorf entfernt hatten die Brüder Melvill am Ufer des Gare Loch die beste Stelle zur Errichtung ihres Cottage gewählt, zwischen einem Gewirr herrlicher Bäume, in einem Netz von Wasserläufen, auf unebenem Grund, dessen Erhebungen sich zur ganzen Mannigfaltigkeit eines Parks eigneten. Kühle Schatten, grüne Rasenflächen, vielfältiges Gesträuch, Blumenbeete, Wiesen, deren »gesundes Gras« nur für auserwählte Schafe sprießt, Teiche mit ihren schwarz glänzenden Wasserspiegeln, bevölkert von wilden Schwänen, jenen anmutigen Vögeln, von denen Wordsworth sagt:

Zweifach gleitet der Schwan dahin,
der Schwan und sein Schatten!

Kurz, alles, was die Natur an Wunderbarem für die Augen vereinen kann, ohne dass die Eingriffe von Menschenhand zu erkennen wären, das machte die Sommerresidenz der reichen Familie aus.

Bleibt hinzuzufügen, dass die Aussicht im über dem Gare Loch gelegenen Teil des Parks zauberhaft war. Jenseits der schmalen Bucht verweilte der Blick auf der rechten Seite zunächst auf der Halbinsel Rosneath, wo eine hübsche italienische Villa steht, die dem Duke von Argyll gehört. Auf der linken Seite sah man, überragt von zwei oder drei Kirchtürmen, den Flecken Helensburgh mit der gewundenen Linie seiner am Ufer gelegenen Häuser, seinem ins Seewasser reichenden eleganten Anleger für die Dampfschifffahrt und dahinter seinen durch einige malerische Wohnsitze heiteren Höhen. Gegenüber, am linken Ufer des Clyde, bildeten Port Glasgow, die Ruinen des Schlosses Newark, Greenock und sein Wald aus bunten Fahnenstangen ein äußerst abwechslungsreiches Panorama, von dem sich die Augen nur mühsam lösten.

Und diese Aussicht mit den in die Ferne schweifenden Ufern war noch schöner, wenn man auf den Hauptturm des Cottage stieg.

Dieser viereckige Turm, an drei Ecken seiner Aussichtsplattform mit außen leicht vorstehenden Schilderhäusern bewehrt, mit Zinnen und Pechnasen verziert und von einer filigranen Steinbrüstung umgeben, stieg an seiner vierten Ecke in einem achteckigen Türmchen noch höher empor. Dort prangte die Fahnenstange, die auf dem Dach aller

Häuser wie am Heck aller Schiffe des Vereinigten Königreiches aufragt. So stand diese Art Bergfried moderner Bauweise über dem gesamten Gebäudekomplex des eigentlichen Cottage mit seinen verwinkelten Dächern, eigenwillig eingefügten Fenstern, vielfachen Giebeln, aus den Fassaden tretenden Vorsprüngen, dicht vor die Fenster gesetzten arabischen Gittern, ausgiebig verzierten Schornsteinspitzen – oftmals reizenden Einfällen, mit denen die angelsächsische Architektur sich gerne schmückt.

Auf der letzten Aussichtsplattform des Türmchens, unter dem sich im Wind des Firth of Clyde öffnenden Faltenwurf der Nationalfarben, liebte Miss Campbell es denn auch, stundenlang zu träumen. Sie hatte sich dort ein hübsches Refugium eingerichtet, luftig wie eine Sternwarte, wo sie bei jeder Witterung, vor Wind, Sonne und Regen geschützt, lesen, schreiben und schlafen konnte. Dort war sie meist zu finden. War sie nicht dort, schweifte sie, wie es ihr gerade einfiel, über die Wege des Parks, mal allein, mal begleitet von Dame Bess, wenn nicht ihr Pferd sie durch das umliegende Land trug, gefolgt von dem getreuen Partridge, der dem seinen die Sporen gab, um nicht hinter seiner jungen Herrin zurückzubleiben.

Unter den zahlreichen Hausangestellten des Cottage gebührt diesen beiden rechtschaffenen Dienern, die seit ihrer frühesten Jugend in Diensten der Familie Campbell standen, eine genauere Darstellung.

Elisabeth, »Luckie«, die Mutter – wie eine Wirtschafterin in den Highlands genannt wird –, zählte damals ebenso viele Jahre, wie sie Schlüssel an ihrem Schlüsselbund trug, und das waren nicht weniger als siebenundvierzig. Sie war eine wahre Hausfrau, die, zuverlässig, ordnungsliebend

und erfahren, dem ganzen Hause vorstand. Vielleicht meinte sie, die Brüder Melvill großgezogen zu haben, obgleich die beiden älter waren als sie; gewiss aber hatte sie für Miss Campbell mütterliche Sorge getragen.

Neben dieser wertvollen Verwalterin gab es den Schotten Partridge, ein seinen Herren absolut ergebener, den alten Sitten seines Clans stets treuer Diener. Unwandelbar in die traditionelle Tracht der Leute aus den Highlands gekleidet, trug er das blau karierte Barett, den bis zum Knie reichenden Kilt aus Schottenstoff, den Pouch, eine Art Börse mit langem Fell, die von kreuzweise gebundenen Riemen gehaltenen Kniestrümpfe und die Schuhe aus Rindsleder.

Eine Dame Bess zur Führung des Hauses, einen Partridge, um es zu beschützen – was braucht es mehr für jemanden, der auf dieser Erde verlässliche Dienstboten wünscht?

Man hat gewiss bemerkt, dass Partridge, als er auf den Ruf der Brüder Melvill herbeieilte, von dem jungen Mädchen als »Miss Campbell« sprach.

Hätte der wackere Schotte sie »Miss Helena« genannt, also bei ihrem Taufnamen, dann hätte er die in der Hierarchie festgelegten Regeln gebrochen – ein genauer mit dem Wort »Snobismus« bezeichneter Regelbruch.

Tatsächlich trägt die älteste oder die einzige Tochter nie den Namen, auf den sie getauft wurde, selbst in der Wiege nicht. Wäre Miss Campbell die Tochter eines Peers gewesen, hätte man sie »Lady Helena« genannt; doch jener Zweig der Campbells, zu dem sie gehörte, war nur eine Seitenlinie und sehr weit entfernt von dem direkten Zweig des Paladins Sir Colin Campbell, dessen Wurzeln auf die Kreuzzüge zurückgehen. Seit Jahrhunderten hatten sich die aus dem gemeinsamen Stamm hervorgegangenen Verästelungen von der Linie des ruhmreichen Vorfahren entfernt, zu der die Clans von Argyll, von Breadalbane, von Lochnell und andere gehören; doch wie weit entfernt auch immer, durch ihren Vater fühlte Helena ein wenig Blut dieser berühmten Familie in ihren Adern fließen.

Und war sie auch nur Miss Campbell, so war sie doch nicht weniger eine wahre Schottin, eine jener vornehmen Töchter von Thule, mit blauen Augen und blondem Haar, deren Porträt, von Findon oder Edwards in Kupfer gestochen und zwischen die Minna, Brenda, Amy Robsart, Flora MacIvor, Diana Vernon, Miss Wardour, Catherine Glover und Mary Averel gesetzt, gut in die Keepsakes gepasst hätte, in denen die Engländer die schönsten Frauengestalten ihres großen Romanciers zu versammeln pflegen.

Miss Campbell war wahrhaft bezaubernd. Man bewunderte ihr hübsches Antlitz mit den blauen Augen – das Blau der Seen Schottlands, wie es heißt –, ihre mittelgroße, aber elegante Statur, ihren ein wenig stolzen Gang, ihre meist träumerische Miene, wenn nicht gerade ein leichter Anflug von Ironie ihre Züge belebte, kurz: ihre ganze Person voller Anmut und Vornehmheit.

Und Miss Campbell war nicht nur schön, sie war auch gut. Durch ihre Onkel vermögend, war sie nicht darauf aus, sich damit zu brüsten. Aus Barmherzigkeit bemühte sie sich, das alte gälische Sprichwort zu rechtfertigen: »Möge die Hand, die sich öffnet, immer gefüllt sein!«

Vor allem ihrer Provinz, ihrem Clan, ihrer Familie verbunden, kannte man sie als Schottin mit Leib und Seele. Dem geringsten Sawney hätte sie gegenüber dem bedeutendsten John Bull den Vortritt gegeben. Ihr patriotischer Nerv kam in Schwingung wie die Saite einer Harfe, wenn ihr die Stimme eines Bergbewohners über das Land irgendeine Dudelsackmelodie der Highlands zutrug.

De Maistre hat gesagt: »Zwei Wesen haben wir in uns: das Ich und das Andere.«

Das Ich von Miss Campbell war das ernsthafte, vernünftige Wesen, welches das Leben eher unter dem Gesichtspunkt seiner Pflichten als seiner Rechte betrachtete.

Das Andere war das schwärmerische, ein wenig zum Aberglauben neigende Wesen, das die wunderbaren Geschichten liebte, die in Fingals Land so natürlich sprießen; gleichsam entfernt verwandt mit den Lindamires, jenen wundervollen Heldinnen der Ritterromane, streifte es durch die umliegenden Glens, um dem »Dudelsack von Strathdearne« zu lauschen, wie die Bewohner der Highlands den Wind nennen, der durch die einsamen Alleen pfeift.

Bruder Sam und Bruder Sib liebten sowohl Miss Campbells Ich wie ihr Anderes; während Ersteres sie durch seine Vernunft entzückte, muss man jedoch zugeben, dass Letzteres sie bisweilen verwirrte mit seinen verblüffenden Widerreden, seinem launischen Ausreißen aus heiterem Himmel, seinen plötzlichen Eskapaden ins Land der Träume.

Und war es nicht Letzteres, das eben auf den Vorschlag der beiden Brüder eine so sonderbare Antwort gegeben hatte?

– Heiraten!, hätte das Ich gesagt. Mister Ursiclos zum Mann nehmen! ... Wir werden sehen ... Wir reden noch einmal darüber!

– Niemals ... solange ich nicht den grünen Blitz gesehen habe!, hatte das Andere geantwortet.

Die Brüder Melvill blickten einander verständnislos an,

während sich Miss Campbell in dem großen gotischen Lehnstuhl in der Fensternische niederließ:

– Was meint sie mit dem grünen Blitz?, fragte Bruder Sam.

– Und warum will sie ihn sehen?, erwiderte Bruder Sib. Warum? Wir werden es erfahren.

Der Artikel in der Morning Post

Die Liebhaber physikalischer Kuriositäten hatten in der *Morning Post* jenes Tages Folgendes lesen können: »Haben Sie bisweilen beobachtet, wie die Sonne über dem Meer untergeht? Gewiss! Sind Sie ihr mit dem Blick gefolgt bis zu dem Augenblick, da der obere Rand ihrer Scheibe ins Wasser taucht und sie verschwindet? Höchstwahrscheinlich. Doch haben Sie das Phänomen bemerkt, das sich genau in dem Moment einstellt, in dem das prächtige Gestirn seinen letzten Strahl sendet, wenn der Himmel frei von Nebel und vollkommen klar ist? Vielleicht nicht! Nun, wenn Sie zum ersten Mal Gelegenheit haben – und die ergibt sich sehr selten –, diese Beobachtung zu machen, ist es kein roter Blitz, wie man meinen könnte, der auf die Netzhaut Ihres Auges trifft, es ist ein »grüner« Blitz, aber von einem wunderbaren Grün, einem Grün, das kein Maler je auf seiner Palette erreichen kann, einem Grün, dessen Farbklang die Natur weder im so vielfältigen Ton des Pflanzenreichs noch in der Farbe kristallklarer Meere je hervorgebracht hat! Wenn es im Paradiese Grün gibt, kann es nur dieses Grün sein, das zweifellos das Grün der Hoffnung ist!«

So lautete der Artikel in der *Morning Post*, die Miss Campbell in der Hand hielt, als sie in die Halle trat. Sie war schlichtweg gefesselt von dieser Zeitungsnotiz. Und so las sie ihren Onkeln denn mit begeisterter Stimme die oben erwähnten Zeilen vor, die in lyrischer Form die Schönheit des grünen Blitzes besangen.

Miss Campbell sagte ihnen jedoch nicht, dass eben dieser grüne Blitz auf eine alte Legende zurückging, deren verborgener Sinn ihr bis jetzt entgangen war, eine geheimnisvolle Legende unter so vielen anderen in den Highlands entstandenen, die Folgendes behauptet: Der Blitz bewirkt, dass derjenige, der ihn gesehen hat, sich in Gefühlsdingen nicht mehr irren kann; sein Erscheinen vernichtet Illusionen und Lügen; und wer das Glück hatte, ihn einmal zu erblicken, kann in seinem eigenen Herzen und in dem der anderen lesen.

Man möge einer jungen Schottin aus dem Hochland die poetische Gutgläubigkeit verzeihen, welche die Lektüre dieses *Morning Post*-Artikels in ihrer Vorstellung entfacht hatte.

Als sie Miss Campbell hörten, schauten Bruder Sam und Bruder Sib sich mit einer gewissen Verblüffung an und machten große Augen. Bis jetzt hatten sie gelebt, ohne den grünen Blitz gesehen zu haben, und sie bildeten sich ein, dass man leben konnte, ohne ihn jemals zu sehen. Doch anscheinend war das nicht die Meinung von Helena, die danach strebte, den wichtigsten Schritt ihres Lebens von der Beobachtung dieses einzigartigen Phänomens abhängig zu machen.

– Aha! Das nennt man also den »grünen Blitz«?, fragte Bruder Sam, wobei er leicht den Kopf wiegte.

– Ja, erwiderte Miss Campbell.

– Den du unbedingt sehen willst?, fragte Bruder Sib.

– Den ich, mit eurer Erlaubnis, sehen werde, liebe Onkel, und zwar so schnell wie möglich, wenn es euch recht ist!

– Und wenn du ihn dann gesehen hast?

– Wenn ich ihn gesehen habe, können wir über Mister Aristobulus Ursiclos sprechen.

Bruder Sam und Bruder Sib warfen einander einen verstohlenen Blick zu und lächelten in stillem Einverständnis.

– Schauen wir uns den grünen Blitz an, sagte der eine.

– Ohne einen Augenblick zu verlieren!, ergänzte der andere.

Miss Campbell hielt sie zurück, als sie das Fenster der Halle öffnen wollten.

– Man muss warten, bis die Sonne untergeht, sagte sie.

– Heute Abend also, erwiderte Bruder Sam.

– Bis die Sonne am allerklarsten Horizont untergeht, setzte Miss Campbell hinzu.

– Also gut, nach dem Dinner gehen wir alle drei zur Spitze von Rosneath, sagte Bruder Sib.

– Oder wir steigen ganz einfach auf den Turm des Cottage, fiel Bruder Sam ein.

– An der Spitze von Rosneath und auf dem Turm des Cottage, erwiderte Miss Campbell, gibt es keinen anderen Horizont als den der Ufer des Clyde. Es ist aber die Linie zwischen Himmel und Meer, auf der man die Sonne bei ihrem Untergang beobachten muss. Wohlgemerkt, meine Onkel haben mich also binnen kürzester Zeit vor diesen Horizont zu bringen!

Miss Campbell sprach mit solchem Ernst, wenn sie ihnen auch ihr schönstes Lächeln schenkte, dass die Brüder Melvill sich einer in diese Worte gefassten Aufforderung nicht widersetzen konnten.

– Das ist ja vielleicht nicht so eilig?, meinte Bruder Sam indes einwenden zu müssen.

Und Bruder Sib kam ihm zu Hilfe, indem er hinzusetzte:

– Dazu haben wir immer noch Zeit ...

Miss Campbell schüttelte freundlich den Kopf.

– Dazu haben wir nicht immer noch Zeit, entgegnete sie, im Gegenteil, es eilt!

– Etwa weil, im Interesse von Mister Aristobulus Ursiclos ...?, fragte Bruder Sam.

– ... dessen Glück anscheinend von der Beobachtung des grünen Blitzes abhängt ..., sagte Bruder Sib.

– Wir haben doch bereits Ende August, liebe Onkel!, erwiderte Miss Campbell, und unseren schottischen Himmel werden bald schon die Nebel trüben! Wir sollten die schönen Abende nutzen, die Spätsommer und Frühherbst uns noch zu bieten haben! Wann fahren wir?

Gewiss, wenn Miss Campbell den grünen Blitz unbedingt in diesem Jahr sehen wollte, durfte man keine Zeit verlieren. Sich unverzüglich an irgendeinen Punkt der schottischen Westküste zu begeben, dort so komfortabel wie möglich unterzukommen, jeden Abend den Sonnenuntergang zu beobachten und auf seinen letzten Strahl zu lauern, das war geboten, ohne auch nur einen einzigen Tag zu warten. Vielleicht ginge Miss Campbells etwas verstiegener Wunsch in Erfüllung, wenn der Himmel die Beobachtung des Phänomens zuließe, das sich ungeheuer selten einstellt, wie die *Morning Post* gerade erklärt hatte.

Und sie hatte recht, die gut informierte Zeitung!

Zunächst ging es also darum, einen Teil der Westküste zu suchen, wo das Phänomen zu sehen sein mochte. Um ihn zu finden, musste man die Bucht des Clyde verlassen.

Tatsächlich ist dieses ganze Mündungsgebiet im offenen Meeresarm des Firth of Clyde gespickt mit Hindernissen, die das Blickfeld einschränken. Es sind die Kyles of Bute, die Isle of Arran, die Halbinseln Knapdale und Kintyre, Jura, Islay, breit verstreute, in der Frühzeit geborstene Felsmassive, die den ganzen Westteil der Grafschaft Argyll zu einer Art Archipel machen. Unmöglich, dort ein Stück Meereshorizont zu finden, an dem der Blick einen Sonnenuntergang erhaschen könnte.

Wenn man Schottland nicht verlassen wollte, war es also angebracht, weiter nach Norden oder weiter nach Süden zu fahren, an eine offene Küste, und das noch vor den nebligen Abenddämmerungen des Herbstes.

An welchen Ort man reisen würde, war für Miss Campbell kaum von Bedeutung. Die Küste Irlands, die Küste Frankreichs, die Küste Norwegens, die Küste Spaniens oder die von Portugal, sie hätte sich gleichermaßen überall dorthin begeben, wo das Leuchtgestirn sie bei seinem Untergang mit seinen letzten Strahlen grüßen würde, und ob das den Brüdern Melvill nun behagte oder nicht, man musste ihr wohl folgen!

Die beiden Onkel beeilten sich denn auch, das Wort zu ergreifen, nachdem sie sich mit einem fragenden Blick verständigt hatten. Aber mit was für einem Blick, und wie er vor diplomatischer List blitzte!

– Nun, meine liebe Helena, sagte Bruder Sam, nichts leichter, als dich zufriedenzustellen! Fahren wir nach Oban.

– Ganz klar, besser als in Oban kann man es nirgends treffen, setzte Bruder Sib hinzu.

– Meinetwegen Oban, erwiderte Miss Campbell. Aber gibt es in Oban einen Meereshorizont?

– Und ob es dort einen gibt!, rief Bruder Sam.

– Eher zwei als einen!, rief Bruder Sib.

– Nun gut, fahren wir!

– In drei Tagen, sagte der eine Onkel.

– In zwei Tagen, sagte der andere, der es für ratsam hielt, dieses kleine Zugeständnis zu machen.

– Nein, gleich morgen, entgegnete Miss Campbell und erhob sich, da es gerade zum Dinner läutete.

– Morgen ... ja ... morgen!, sagte Bruder Sam.

– Am liebsten wären wir schon dort!, erwiderte Bruder Sib.

Das war nicht gelogen. Und warum diese Eile? Nun, weil Aristobulus Ursiclos seit vierzehn Tagen ausgerechnet in Oban in der Sommerfrische weilte. Weil Miss Campbell, die nichts davon wusste, sich dort in Gesellschaft dieses jungen Mannes befände, der unter den gelehrtesten auserwählt war und, was den Brüdern Melvill kaum bewusst war, unter den langweiligsten. Weil Miss Campbell, nachdem sie beim Beobachten der Sonnenuntergänge umsonst die Augen überanstrengt hätte, ihre Grille aufgeben und schließlich ihre Hand in die ihres Verlobten legen würde, dachten die beiden Schlauberger. Hätte Helena Verdacht geschöpft, wäre sie übrigens trotzdem gefahren. Die Anwesenheit von Aristobulus Ursiclos störte sie keineswegs.

– Bet!

– Beth!

– Bess!

– Betsey!

– Betty!

Die Folge dieser Namen erfüllte von Neuem die Halle; diesmal jedoch erschien Dame Bess tatsächlich und erhielt die Anweisung, gleich morgen auf eine sofortige Abreise vorbereitet zu sein.

In der Tat musste man sich beeilen. Das Barometer, das dreißig Zoll und drei Zehntel (769 Millibar) anzeigte, versprach für längere Zeit schönes Wetter. Wenn man morgen früh aufbrach, war man noch zeitig genug in Oban, um den Sonnenuntergang zu beobachten.

Natürlich waren Dame Bess und Partridge mit den Reisevorbereitungen den ganzen Tag über schwer beschäftigt. Die siebenundvierzig Schlüssel der Haushälterin klingelten in der Tasche ihres Rockes wie die Schellen eines spanischen Maultiers. Wie viele Schränke, wie viele Schubladen waren da zu öffnen und vor allem zu schließen! Womöglich würde das Cottage von Helensburgh für lange Zeit leer stehen. Musste etwa nicht mit Miss Campbells Launen gerechnet werden? Wenn es dieser reizenden Person nun gefiele, ihrem grünen Blitz nachzujagen? Und wenn dieser grüne Blitz es darauf angelegt hatte, sich zu verstecken? Und wenn die Horizonte von Oban nicht die ganze Klarheit boten, die für diese Art von Beobachtung notwendig war? Und wenn ein anderer astronomischer Standort gesucht werden musste, an einer südlicheren Küste Schottlands, Englands, Irlands, ja sogar des Kontinents! Morgen ging es los, das war beschlossene Sache, doch wann würde man ins Cottage zurückkehren? In einem Monat, in sechs, in einem halben, in einem Jahr, in zehn Jahren?

– Und warum diese Idee, den grünen Blitz sehen zu wollen?, fragte Dame Bess, der Partridge half, wie er nur konnte.

– Ich weiß es nicht, erwiderte Partridge, aber das wird seine Bedeutung haben, unsere junge Herrin tut ja nichts ohne Grund, das wissen Sie doch, Mavourneen.

Mavourneen ist ein Ausdruck, den man in Schottland gerne gebraucht – so etwas wie die Entsprechung von »ma chère« in Frankreich, und es missfiel der vortrefflichen Wirtschafterin durchaus nicht, von dem wackeren Schotten so genannt zu werden.

– Partridge, entgegnete sie, ich glaube wie Sie, dass hinter diesem Einfall von Miss Campbell, der völlig überraschend kam, sehr wohl irgendein heimlicher Gedanke stecken könnte.

– Und welcher?

– Ach, wer weiß? Wenn nicht eine Ablehnung, so doch wenigstens ein Aufschub der Pläne ihrer Onkel!

– Wahrhaftig, versetzte Partridge, ich weiß nicht, warum sich die Herren Melvill so sehr in diesen Mister Ursiclos vernarrt haben! Ist denn das der Ehemann, der unserer jungen Dame gefällt?

– Sie können sicher sein, Partridge, gab Dame Bess zurück, dass sie ihn, wenn er ihr nur zur Hälfte gefällt, auf keinen Fall heiraten wird. Sie wird ihren Onkeln ein nettes Nein sagen und ihnen dabei auf jede Wange einen Kuss drücken, und ihre Onkel werden ganz überrascht sein, auch nur für einen Moment an diesen Bräutigam gedacht zu haben, dessen Absichten mir gar nicht gefallen!

– Mir auch nicht, Mavourneen!

– Wissen Sie, Partridge, das Herz von Miss Campbell ist wie diese Schublade, wohlverschlossen mit ihrem Sicherheitsschloss. Den Schlüssel dazu hat nur sie, und damit jemand die Lade öffnen kann, muss sie ihn schon herausrücken ...

– Oder man muss ihn ihr stehlen!, fiel Partridge ein und lächelte zustimmend.

– Man wird ihn ihr nicht stehlen, es sei denn, sie will ihn sich stehlen lassen!, erwiderte Dame Bess, und der Wind soll meine Haube auf die Kirchturmspitze von St. Mungo tragen, wenn unsere junge Dame je diesen Mister Ursiclos heiratet!

– Einen aus dem Süden!, rief Partridge, einen Southerner, der, wenn er auch in Schottland geboren ist, doch immer südlich des Tweed gelebt hat!

Dame Bess schüttelte den Kopf. Diese beiden Leute aus den Highlands verstanden sich gut. Für sie gehörten die Provinzen im Flachland eigentlich nicht zu ihrem alten Kaledonien, trotz aller Verträge der Union. Nein, sie waren entschieden keine Anhänger der geplanten Heirat. Sie erhofften Besseres für Miss Campbell. Wenn sich diese Partie als standesgemäß erwies, war sie ihnen nicht standesgemäß genug.

– Ach, Partridge, versetzte Dame Bess, die alten Sitten des Hochlands waren immer noch die besten, und ich meine, dass die Heiraten früher, mit den Bräuchen unserer alten Clans, für mehr Glück sorgten, als sie heutzutage bringen!

– Etwas Wahreres haben Sie nie gesagt, Mavourneen!, erwiderte Partridge feierlich. Damals lag einem etwas mehr an Herzensdingen und viel weniger an denen des Geldes! Geld ist eine feine Sache, zweifellos, aber Gefühl ist besser!

– Ja, Partridge, und vor allem wollte man sich gut kennenlernen, bevor man heiratete! Erinnern Sie sich, wie es beim Jahrmarkt von St. Olla in Kirkwall zuging? Solange er dauerte, schlossen sich die jungen Leute Anfang August zu Paaren zusammen, und diese Paare nannte man »Bruder und Schwester des ersten August«! Bruder und Schwester, bereitet einen das nicht ganz sachte darauf vor, Mann und Frau zu werden? Und warten Sie, wir haben heute genau den Tag, an dem einst der Jahrmarkt von St. Olla eröffnet wurde, möge Gott ihn wieder zum Leben erwecken!

– Möge er Sie erhören!, entgegnete Partridge. Hätte man Mister Sam und Mister Sib mit irgendeiner netten Schottin zusammengebracht, wären selbst sie nicht dem üblichen Schicksal entronnen, und Miss Campbell würde jetzt noch zwei Tanten zu ihrer Familie zählen!

– Allerdings, Partridge, erwiderte Dame Bess, aber versuchen Sie heute Miss Campbell mit Mister Ursiclos zusammenzubringen, und der Clyde soll von Helensburgh zurück nach Glasgow fließen, wenn ihre Verbindung nicht in acht Tagen zerbrochen ist!

Ohne weiter auf die Misslichkeiten einzugehen, zu denen solche durch die Sitten von Kirkwall begünstigten Freiheiten führen konnten, Sitten, die im Übrigen verschwunden waren, muss man immerhin sagen, dass die Tatsachen Dame Bess vielleicht recht gegeben hätten. Schließlich waren Miss Campbell und Aristobulus Ursiclos nun einmal nicht Bruder und Schwester vom ersten August, und wenn es je zu ihrer Heirat kommen sollte, wären die Brautleute nicht imstande gewesen, sich so kennenzulernen, als wären sie durch die Prüfungen des Jahrmarkts von St. Olla gegangen.

Wie dem auch sei, Jahrmärkte werden für Geschäftsabschlüsse veranstaltet und nicht für Eheschließungen. Dame Bess und Partridge, die, auch wenn sie plauderten, keine Sekunde verloren, müssen also ihrem Bedauern überlassen werden.

Die Abreise war beschlossen. Der Ort der Sommerfrische war gewählt. In den Zeitungen des Highlife wären die Brüder Melvill und Miss Campbell von morgen an unter »Ortswechsel und Sommerfrische« für den Badeort Oban eingetragen. Aber wie sollte man diesen Ortswechsel vollziehen? Das war die große Frage.

Zwei verschiedene Strecken bieten die Möglichkeit, sich in diese kleine Stadt zu begeben, die einige Hundert Meilen nordwestlich von Glasgow an der Meerenge von Mull liegt.

Die erste ist eine Landroute. Man fährt nach Bowling und kommt dann über Dumbarton am rechten Ufer des Leven nach Balloch am äußersten Ende des Lomond; man überquert den schönsten See Schottlands mit den annähernd dreißig Inseln zwischen seinen historischen Ufern, die mitten im Land von Rob-Roy und Robert Bruce von der Erinnerung an die MacGregors und die MacFarlanes erfüllt sind; man erreicht Dalmally; und von dort, auf einer Route, die sich, meist auf halber Höhe über Wildbächen oder Fjorden, an den Berghängen entlangschlängelt, über die Ausläufer der Grampiankette, durch von Heidekraut bedeckte Glens mit vereinzelten Tannen, Eichen, Lärchen und Birken, kommt der entzückte Tourist hinunter nach Oban, dessen Küste die malerischsten des ganzen Atlantiks um nichts beneiden muss.

Ein zauberhafter Ausflug, den jeder Schottlandreisende gemacht hat oder noch machen wird; doch ein Meereshorizont ist auf diesem Reiseweg nicht vorhanden. So mussten die Brüder Melvill, die ihn Miss Campbell vorschlugen, denn auch mit ihrem Vorschlag scheitern.

Die zweite Route ist Fluss- und Seereise zugleich. Den Clyde hinab bis zu dem Golf, dem er seinen Namen gibt, zwischen Inseln und Inselchen hindurchschiffen, die aus dem eigenwilligen Archipel so etwas wie eine riesige Knochenhand machen, welche sich auf diesen Teil des Ozeans gelegt hat, dann zur Rechten dieser Hand wieder hoch bis nach Oban, das war dazu angetan, Miss Campbell, der die wunderbare Gegend der Seen Lomond und Katrine kein Geheimnis mehr bot, zu reizen. Im Übrigen gab es zwischen den Inseln, in den Fernen von Meerengen und Meeresbuchten, Ausblicke nach Westen; ihre Breite zeigte sich an der Horizontlinie. Wenn keinerlei Dunst sie verschleierte, sollte es dann nicht in der letzten Stunde dieser Kreuzfahrt möglich sein, bei Sonnenuntergang jenen grünen Blitz zu erblicken, dessen Aufleuchten kaum eine Fünftelsekunde dauert?

– Verstehen Sie, Onkel Sam, sagte Miss Campbell, verstehen Sie, Onkel Sib, dafür reicht ein Augenblick! Wenn ich gesehen habe, was ich sehen will, ist die Reise zu Ende, und wir brauchen uns nicht in Oban niederzulassen.

Das war gerade nicht das Anliegen der Brüder Melvill. Sie wollten sich für einige Zeit in Oban niederlassen – wir wissen, warum – und waren nicht darauf aus, dass ihnen ein zu frühes Erscheinen des Phänomens einen Strich durch die Rechnung machte.

Da Miss Campbell jedoch entscheidend mitzureden hatte und für die Seeroute stimmte, erhielt diese der Landroute gegenüber den Vorzug.

– Zum Teufel mit diesem grünen Blitz!, sagte Bruder Sam, als Helena die Halle verlassen hatte.

– Und mit denen, die ihn sich ausgedacht haben!, erwiderte Bruder Sib.

HEULARD

Den Clyde hinab

Am nächsten Tag, dem 2. August, stieg frühmorgens Miss Campbell, begleitet von den Brüdern Melvill, gefolgt von Partridge und Dame Bess, an der Bahnstation von Helensburgh in den Zug. Das Dampfboot, das bei seiner täglichen Fahrt von der Hauptstadt nach Oban an dieser Stelle des Ufers nicht anlegt, mussten sie in Glasgow nehmen.

Um sieben Uhr setzte der Zug die fünf Reisenden am Zielbahnhof in Glasgow ab, und ein Wagen brachte sie zur Broomielaw Bridge.

Dort wartete der Steamer *Columbia* auf seine Passagiere; aus seinen beiden Schornsteinen quoll schwarzer Rauch, der sich mit den noch dichten Nebeln des Clyde mischte; doch all diese morgendlichen Dunstschleier begannen sich zu lichten, und die bleigraue Scheibe der Sonne bekam bereits einen goldenen Schimmer. Ein schöner Tag brach an.

Nachdem ihr Gepäck an Bord gebracht worden war, gingen Miss Campbell und ihre Gefährten gleich aufs Schiff.

In diesem Augenblick sandte die Glocke Nachzüglern ihren dritten und letzten Ruf. Dann ließ der Maschinist seine Motoren anlaufen, die vor und zurück bewegten Radschaufeln wirbelten dicken gelblichen Schaum auf, ein langer

Pfiff ertönte, die Leinen wurden gelöst, und die *Columbia* glitt rasch in den Lauf der Strömung.

Im Vereinigten Königreich können sich Touristen wirklich nicht beklagen. Die Transportgesellschaften stellen ihnen großartige Schiffe zur Verfügung. Noch auf dem schmalsten Wasserlauf, dem kleinsten See, dem unbedeutendsten Golf kreuzen täglich elegante Dampfboote. Es ist also nicht verwunderlich, dass der Clyde in dieser Hinsicht zu den begehrtesten Wasserstraßen gehört. So liegen denn längs der Broomielaw Street, an den Stegen des Steamboat Quay, die Dampfer in großer Zahl vor Anker, ihre Räder bemalt in den lebhaftesten Farben, wobei das Gold dem Zinnober den Rang streitig macht, stets rauchend, bereit zur Abfahrt in alle Richtungen.

Die *Columbia* bildete da keine Ausnahme. Am Bug sehr lang und schmal, am Rumpf sehr schnittig, versehen mit einer mächtigen Maschine, die Räder mit großem Durchmesser antrieb, war sie ein schnelles Schiff. Im Inneren aller nur mögliche Komfort in ihren Salons und Speisesälen; oben ein geräumiges Spardeck, unter dem Schutz eines Zeltdachs mit flatternden Bogenbehängen, mit weich gepolsterten Bänken und Sesseln – eine mit einer eleganten Reling umgebene richtige Terrasse, auf der die Passagiere eine schöne Aussicht und die frische Luft genießen konnten.

Die Reisenden blieben nicht aus. Sie kamen beinahe von überall her, aus Schottland wie aus England. Der August ist der eigentliche Monat der Ausflüge. Besonders beliebt sind die auf dem Clyde und zu den Hebriden. Da gab es jene großen Familien, deren Bund freigebig vom Himmel gesegnet worden war; ausgelassene junge Mädchen, stillere junge Leute, an die Überraschungen des Tourismus bereits gewöhnte Kinder; dann an Bord der Steamer stets zahlreich vertretene Pastoren mit dem seidenen hohen Hut auf dem Kopf, dem langen schwarzen Gehrock mit Stehkragen, der Litze der weißen Krawatte am Westenaufschlag; dann mehrere Bauern, die Schottenmütze auf dem Kopf und durch ihre etwas plumpen Umgangsformen an die alten *bonnet lairds* von vor ungefähr sechzig Jahren erinnernd; schließlich ein halbes Dutzend Ausländer, diese Deutschen, welche selbst außerhalb Deutschlands nichts von ihrem Gewicht verlieren, und zwei oder drei von diesen Franzosen, welche selbst außerhalb Frankreichs ihre geniale Liebenswürdigkeit nie verlässt.

Wäre Miss Campbell den meisten ihrer Landsleute ähnlich gewesen, die sich, kaum an Bord, in irgendeine Ecke setzen und sich während der ganzen Reise nicht mehr vom Fleck bewegen, hätte sie von den Ufern des Clyde nur gesehen, was vor ihren Augen vorüberzog, ohne auch nur den Kopf zu wenden. Doch sie liebte es, auf und ab zu gehen, mal bis zum Heck des Steamers, mal bis zum Bug, und dabei die Städte, Marktflecken, Dörfer und Weiler zu betrachten, mit denen diese Ufer lückenlos besät sind. Daraus ergab sich, dass Bruder Sam und Bruder Sib, die sie begleiteten, ihr Rede und Antwort stehend, ihre Beobachtungen lobend, ihre Bemerkungen bestätigend, zwischen Glasgow und Oban nicht eine Stunde zur Ruhe kommen sollten. Übrigens dachten sie gar nicht daran, sich zu beklagen, dies gehörte zu ihren Aufgaben als Leibwächter, und sie folgten ihrer Nichte instinktiv, wobei sie einander einige ordentliche Prisen reichten, die sie bei guter Laune hielten.

Dame Bess und Partridge hatten im vorderen Bereich des

Spardecks Platz genommen und plauderten freundschaftlich über vergangene Zeiten, verschwundene Sitten, in Auflösung begriffene alte Clans. Wo waren jene Jahrhunderte von ehedem, nach denen sie sich ewig zurücksehnten? Damals verschwand die unberührte Umgebung des Clyde nicht hinter dem rußigen Ausstoß der Fabriken, seine Ufer hallten nicht wider vom unerbittlichen Schlag der Dampfhämmer, seine stillen Wasser wurden nie aufgewühlt von einigen Tausend Pferdestärken.

– Diese Zeit wird wiederkommen, und vielleicht eher, als man denkt!, sagte Dame Bess im Brustton der Überzeugung.

– Das will ich hoffen, erwiderte Partridge ernst, und mit ihr werden wir die alten Sitten und Gebräuche unserer Vorfahren wiedersehen!

Indessen glitten die Ufer des Clyde rasch, wie die Landschaften eines bewegten Panoramas, immer weiter vom Bug zum Heck der *Columbia*. Zur Rechten zeigten sich das Dorf Partick, an der Mündung des Kelvin, und die riesigen Docks zum Bau von Schiffen aus Stahl, die denen von Govan, am anderen Ufer, gerade gegenüberliegen. Was für ein Gerassel, was für Schwaden von Rauch und Dampf, so unangenehm für die Ohren und Augen von Partridge und seiner Gefährtin! Doch dieses ganze Industriegetöse, dieser ganze Kohlenebel verflogen nach und nach. Anstelle der Werften, der überdachten Docks, der hohen Fabrikschlote, jener gigantischen Stahlgerüste, die Käfigen einer Menagerie von Mastodonten gleichen, tauchten, verstreut auf grünen Hügeln, schmucke Behausungen auf, unter Bäumen verborgene Cottages, Villen im angelsächsischen Stil. Es war gleichsam eine ununterbrochene Folge von Landhäusern und Schlössern, die von einer Stadt zur anderen lief.

Nach dem alten königlichen Marktflecken Renfrew, zur Linken des Flusses gelegen, zeigten zur Rechten die bewaldeten Hügel von Kilpatrick ihre Umrisse über dem gleichnamigen Dorf, an dem kein Ire vorüberkommen kann, ohne den Hut zu ziehen: Dort ist St. Patrick geboren, der Schutzpatron Irlands.

Der Clyde wurde langsam von dem Fluss, der er bisher gewesen war, zu einem richtigen Meeresarm. Dame Bess und Partridge grüßten die Ruinen von Dunglass Castle, die einige alte Erinnerungen an die Geschichte Schottlands wecken; doch ihre Augen wandten sich ab von dem Obelisken, errichtet zu Ehren von Harry Bell, dem Erfinder des ersten maschinengetriebenen Schiffes, dessen Räder diese stillen Wasser aufwühlten.

Einige Meilen weiter betrachteten die Touristen, ihren Murray in der Hand, das Schloss Dumbarton, das über fünfhundert Fuß hoch auf seinem Basaltfelsen in den Himmel ragt. Der höhere seiner beiden kegelförmigen Gipfel trägt immer noch den Namen »Thron von Wallace«, einem der Helden der Unabhängigkeitskämpfe.

In diesem Augenblick glaubte ein Gentleman – ohne dass ihn jemand darum gebeten hätte, allerdings hatte auch niemand etwas dagegen – von der Kommandobrücke herab einen kleinen geschichtlichen Vortrag zur Unterrichtung seiner Reisegefährten halten zu müssen. Eine halbe Stunde später durfte kein einziger Passagier der *Columbia*, es sei denn, er war taub, mehr in Unkenntnis darüber sein, dass wahrscheinlich die Römer Dumbarton befestigt hatten; dass sich dieser historische Felsen zu Beginn des dreizehnten Jahrhunderts in eine königliche Festung verwandelt hatte; dass sie, begünstigt durch den Unionsvertrag, zu

den vier Festungen des Königreichs von Schottland gehört, die nicht zerstört werden dürfen; dass Maria Stuart 1548 von diesem Hafen aus nach Frankreich aufgebrochen war, dessen »Königin für einen Tag« sie durch ihre Heirat mit François II. werden sollte; und zu guter Letzt, dass Napoleon dort 1815 hinter Schloss und Riegel kommen sollte, bevor die Regierung Castlereagh entschieden hatte, ihn nach St. Helena zu verbannen.

– Das ist ja äußerst lehrreich, sagte Bruder Sam.

– Lehrreich und interessant, erwiderte Bruder Sib. Dieser Gentleman verdient unser ganzes Lob!

Und tatsächlich hatten die beiden Onkel geglaubt, kein einziges Wort von dem Vortrag verpassen zu dürfen. Und so bekundeten sie dem Stegreifprofessor einigen Beifall.

Miss Campbell war in ihre Betrachtungen versunken und hatte nichts von dieser gewöhnlichen Geschichtslektion vernommen. So etwas war für sie, zumindest im Augenblick, gar nicht interessant. Selbst die Ruinen des Schlosses Cardross am rechten Flussufer, wo Robert Bruce starb, würdigte sie keines Blickes. Ein Meereshorizont, das war es, was ihre Augen vergeblich suchten; doch sie konnten ihn nicht erblicken, bevor die *Columbia* aus dieser Folge von Ufern, Vorgebirgen und Höhenzügen, die den Firth of Clyde begrenzen, heraus war. Im Übrigen fuhr der Steamer gerade am Flecken Helensburgh vorüber. Port Glasgow, die Überreste von Schloss Newark und die Halbinsel Rosneath, das sah die junge Schlossherrin jeden Tag aus den Fenstern ihres Cottage. Und so fragte sie sich, ob der Steamer nicht auf den verschlungenen Wasserläufen des Parks unterwegs war.

Und warum sollte sie, ein Stück weiter den Fluss hinunter, ihre Gedanken an die Hunderte von Schiffen verschwenden, die sich an der Mündung in den Hafenbecken von Greenock drängten? Was bedeutete es ihr schon, dass der unsterbliche Watt in dieser Stadt mit vierzigtausend Einwohnern geboren wurde, die gewissermaßen das industrielle und kommerzielle Vorzimmer von Glasgow ist? Warum sollte ihr Blick drei Meilen weiter zur Linken an dem Dorf Gourock, zur Rechten an dem Dorf Dunoon, an den ausgezackten und gewundenen Fjorden hängen bleiben, die so tief in den Küstenstreifen der Grafschaft Argyll dringen, welcher zerklüftet ist wie ein Gestade Norwegens?

Nein! Miss Campbell hielt ungeduldig Ausschau nach dem verfallenen Turm von Leven. Erwartete sie, dort irgendeinen Poltergeist auftauchen zu sehen? Nicht im Geringsten: Sie wollte aber die Erste sein, die den Leuchtturm von Clock meldete, der sein Licht über die Ausfahrt aus dem Firth of Clyde wirft.

Gleich einer riesigen Lampe erschien endlich der Leuchtturm an der Uferbiegung.

– Clock, Onkel Sam, sagte sie, Clock, Clock!

– Ja, Clock!, erwiderte Bruder Sam mit der Deutlichkeit eines Highland-Echos.

– Das Meer, Onkel Sib!

– Das Meer, in der Tat, entgegnete Bruder Sib.

– Wie schön!, wiederholten die beiden Onkel.

Man hätte meinen können, sie sähen es zum ersten Mal.

Ein Irrtum war ausgeschlossen: In der Öffnung der Bucht lag wirklich ein Meereshorizont.

Indessen hatte die Sonne die Mitte ihrer täglichen Bahn noch nicht überschritten. Auf dem sechsundfünfzigsten Breitengrad mussten mindestens noch sieben Stunden vergehen, bevor sie in den Fluten verschwände – sieben Stunden der Ungeduld für Miss Campbell! Außerdem zeigte sich dieser Horizont im Südwesten, in einem Teil des Bogens, den das Leuchtgestirn nur zur Zeit der Wintersonnenwende streift. Dort hatte man das Phänomen also nicht zu suchen; nein, weiter westlich, und sogar ein wenig nördlich, da die ersten Augusttage sechs Wochen vor der Tagundnachtgleiche im September liegen.

Doch das war kaum von Bedeutung. Es war das Meer, das sich jetzt vor Miss Campbells Blick ausbreitete. Zwischen den Cumbrae-Inseln, jenseits der großen Insel Bute, deren Profil sich leicht verschwommen zeigte, jenseits der niedrigen Kämme von Ailsa Craig und der Arran-Berge, lag auf offener See wie mit dem Lineal gezogen die Linie zwischen Himmel und Wasser.

Ganz ihren Gedanken hingegeben, studierte Miss Campbell sie ohne ein Wort. Reglos stand sie auf der Kommandobrücke, zu ihren Füßen warf die Sonne einen sehr verkürzten Schatten. Miss Campbell schien die Länge des Bogens abzuschätzen, der die Sonne noch von dem Punkt trennte, an dem ihre glänzende Scheibe in die Wasser des Hebridenarchipels tauchen würde ... Wenn nur der jetzt so klare Himmel in jenem Moment nicht vom Dunst der Abenddämmerung verschleiert war!

Eine Stimme holte die junge Träumerin aus ihrer Träumerei.

– Es ist Zeit, sagte Bruder Sib.

– Zeit? Wofür, liebe Onkel?

– Zum Lunch, sagte Bruder Sam.

– Gehen wir zum Lunch!, bestätigte Miss Campbell.

Vom einen Schiff zum anderen

Nach der halb kalten, halb warmen Mahlzeit – einem ausgezeichneten Lunch nach englischer Art, der im *dining room* der *Columbia* serviert wurde – stiegen Miss Campbell und die Brüder Melvill zurück an Deck.

Helena konnte einen Ausruf der Enttäuschung nicht unterdrücken, als sie ihren Platz auf dem Spardeck wieder eingenommen hatte:

– Und mein Horizont?

Es war kaum zu leugnen, ihr Horizont war nicht mehr da. Seit einigen Minuten war er verschwunden. Der Steamer fuhr soeben, mit Kurs nach Norden, die lange Meerenge der Kyles of Bute hinauf.

– Das ist nicht schön, Onkel Sam!, sagte Miss Campbell mit leicht vorwurfsvollem Schmollen.

– Aber, mein liebes Kind ...

– Das werde ich mir merken, Onkel Sib!

Die beiden Brüder wussten nicht, was sie antworten sollten, und doch konnte man sie nicht zur Verantwortung ziehen, wenn sich die *Columbia*, nachdem sie ihre Richtung geändert hatte, nun nach Nordwesten wandte.

Es gibt tatsächlich zwei ganz verschiedene Routen, um auf dem Seeweg von Glasgow nach Oban zu fahren.

Die eine – ihr war die *Columbia* nicht gefolgt – ist die längere. Nach kurzem Halt in Rothesay, dem Hauptort der Insel Bute, deren alte Burg aus dem elften Jahrhundert alles überragt und die im Westen von hohen Glens eingefasst wird, welche sie vor den stürmischen Winden der offenen See schützen, kann der Steamer weiter den Firth of Clyde hinabfahren, dann mit Aussicht auf die große und die kleine Cumbrae-Insel Kurs längs von Butes Ostküste nehmen und so geradewegs den südlichen Teil der Isle of Arran erreichen, die von ihrem Felsengrund bis zum nahezu achthundert Meter über dem Meeresspiegel liegenden Gipfel des Goat Fell fast gänzlich dem Duke of Hamilton gehört. Dann ändert der Steuermann die Richtung, die Kompassnadel zeigt nach Westen, man umrundet Arran, umschifft den langen Finger der Halbinsel Kintyre, fährt die Westküste hinauf in den Sound of Gigha, durchquert die schmalste Stelle des Sunds zwischen den Inseln Islay und Jura und gelangt in jenen weit geöffneten Abschnitt des Firth of Lorn, dessen spitzer Winkel sich dann ein wenig oberhalb von Oban schließt.

Kurz gesagt, wenn sich Miss Campbell mit einigem Grund darüber beklagen konnte, dass die *Columbia* nicht diese Route genommen hatte, so hätten vielleicht auch die beiden Onkel Anlass gehabt, es zu bedauern. Tatsächlich wäre bei der Fahrt längs der Küste von Islay jene alte Residenz der MacDonalds vor ihren Augen aufgetaucht, die, zu Beginn des siebzehnten Jahrhunderts besiegt und vertrieben, den Campbells weichen mussten. Vor dem Schauplatz eines historischen Ereignisses, das sie so unmittelbar betraf, hätte ihnen beiden, von Dame Bess und Partridge ganz zu schweigen, das Herz im Leibe geklopft.

Miss Campbells Blicken aber hätte sich der so ersehnte Horizont länger gezeigt. Tatsächlich liegt von der Spitze von Arran bis zum Vorgebirge von Kintyre das Meer im Süden, vom Mull of Kintyre bis zum Ende von Islay liegt es im Westen – das Meer, jene flüssige Unermesslichkeit, die erst dreitausend Meilen weiter von der amerikanischen Küste begrenzt wird.

Doch diese Route ist lang, manchmal mühsam, wenn nicht gefährlich, und es war mit denjenigen unter den Touristen zu rechnen, welche die oft rauen Umstände einer Seereise erschrecken, wenn einer Dünung begegnet werden muss, die in diesen Gewässern der Hebriden recht stark ist.

So hatten denn die Ingenieure – kleine Lesseps – den Einfall, aus der Halbinsel Kintyre eine Insel zu machen. Dank ihrer Anstrengungen wurde im nördlichen Teil von Kintyre der Crinan Canal gestochen; er verkürzt die Reise um mindestens zweihundert Meilen, und man braucht nicht mehr als drei bis vier Stunden, um ihn zu durchfahren.

Auf diesem Wege würde die *Columbia* die Seereise von Glasgow nach Oban abschließen, zwischen den Lochs und den Meerengen, die keine anderen Ansichten boten als Strände, Wälder und Berge. Von allen Passagieren war Miss Campbell zweifellos die Einzige, die der anderen Strecke nachtrauerte; doch sie musste sich wohl damit abfinden. Sollte sie nicht übrigens kurz nach dem Crinan Canal den Meereshorizont wiederfinden, nur ein paar Stunden später und lange bevor ihn die Sonne mit ihrer Scheibe berührt hätte?

Als die noch im *dining room* gebliebenen Touristen wieder an Deck kamen, glitt die *Columbia* an der Einfahrt zum

Loch Ridden dicht an der kleinen Insel Elbangreig vorüber, der letzten Festung, in die sich der Duke of Argyll geflüchtet hatte, bevor dieser im Kampf für die politische und religiöse Befreiung Schottlands vernichtete Held seinen Kopf zur schottischen Guillotine nach Edinburgh trug. Dann fuhr der Steamer wieder nach Süden, die Meerenge von Bute hinunter, inmitten jenes wunderbaren Panoramas karger oder bewaldeter Inseln, deren schroffe Umrisse durch einen leichten Dunstschleier verwischt wurden. Nachdem er Kap Ardlamont umrundet hatte, nahm er durch Loch Fyne wieder Kurs nach Norden, ließ zur Linken das Dorf East Tarbert an der Küste von Kintyre hinter sich, fuhr am Kap Ardrishaig entlang und erreichte beim Marktflecken Lochgilphead die Einfahrt zum Crinan Canal.

An dieser Stelle musste man die *Columbia* verlassen, die für die Schifffahrt auf dem Kanal zu groß war. Dieser Durchstich, dessen Gefälle durch fünfzehn Schleusen ausgeglichen wird, kann auf seinen neun Meilen Länge nur schmale Schiffe mit geringem Tiefgang aufnehmen.

Ein kleines Dampfboot, die *Linnet*, wartete auf die Passagiere der *Columbia*. Das Umsteigen war in wenigen Minuten geschehen. Alle ließen sich, recht unbequem, auf dem Spardeck des Steamers nieder; dann strich die *Linnet* zwischen den Ufern des Kanals dahin, während ein *bagpiper*, ein mit der Nationaltracht angetaner Dudelsackspieler, sein Instrument ertönen ließ. Nichts ist so melancholisch wie diese wundersamen Gesänge, unterlegt mit dem eintönigen Bass der drei Schnarrpfeifen, deren Lauf nur die Intervalle einer Dur-Tonleiter verwendet, der, wie in den alten Weisen vergangener Jahrhunderte, der Leitton fehlt.

Was für eine zauberhafte Schiffsreise auf diesem Kanal,

der mal zwischen steile Ufern gestochen, mal am Hang eines mit Heidekraut bedeckten Hügels angelegt ist, hier sich durchs offene Land ziehend und dort von den engen Mauern der Staustufen eingefasst. In den Schleusenkammern wird kurz haltgemacht. Während der Brückenzöllner das Schiff rasch hindurchschleust, kommen junge Männer, junge Mädchen, Landeskinder, um den Touristen höflich frisch gemolkene Milch anzubieten, wobei sie jene gälische Mundart sprechen, welche die Kelten früher benutzten – eine selbst Engländern oft unverständliche Sprache.

Sechs Stunden darauf – an einer schlecht funktionierenden Schleuse entstand eine Verspätung von zwei Stunden – waren sie vorüber an den Weilern, an den Bauernhöfen dieser etwas traurigen Gegend, an den sich zur Rechten des Kanals erstreckenden riesigen Mooren des Add. Kurz hinter dem Dorf Bellanoch legte die *Linnet* an. Man stieg ein zweites Mal um. Die zu Passagieren der *Glengarry* gewordenen Passagiere der *Columbia* fuhren wieder nach Nordwesten, um aus der Bucht von Crinan hinauszugelangen und die Landzunge zu umrunden, auf welcher die alte Burg Duntrune Castle aufragt.

Seit dem kurzen Lichtblick beim Umschiffen der Insel Bute war die Horizontlinie noch nicht wiederaufgetaucht.

Man kann sich leicht vorstellen, wie ungeduldig Miss Campbell war. Auf diesen allseits begrenzten Gewässern hätte sie glauben können, sie sei mitten in Schottland, in der Seenregion, mitten im Land von Rob-Roy. Überall malerische Inseln mit ihren weichen Wellenlinien, ihren jungen Birken und Lärchen.

Endlich hatte die *Glengarry* die Nordspitze der Insel Jura hinter sich gelassen, und zwischen dieser Spitze und dem vorgelagerten Eiland Scarba zeigte sich bis an den unteren Rand des Himmels das Meer.

– Da ist es, meine liebe Helena!, sagte Bruder Sam, dessen Hand nach Westen wies.

– Es war nicht unsere Schuld, setzte Bruder Sib hinzu, wenn diese verdammten Inseln, die der alte Nick strafen möge, es für einen Augenblick vor deinen Augen verborgen haben!

– Es sei euch ganz und gar verziehen, liebe Onkel, erwiderte Miss Campbell, wenn uns das nur nie mehr passiert!

Der Mahlstrom des Corryvreckan

Es war nun sechs Uhr abends. Die Sonne hatte erst vier Fünftel ihrer Bahn durchmessen. Die *Glengarry* würde ganz sicher in Oban sein, bevor das Tagesgestirn in den Fluten des Atlantiks untergegangen wäre. Miss Campbell hatte also guten Grund zu der Annahme, dass ihr Wunsch noch an diesem Abend in Erfüllung ginge. Tatsächlich schien der Himmel, frei von Dunst und Wolken, wie eigens für die Beobachtung des Phänomens geschaffen, und der Meereshorizont würde auf dem letzten Stück der Seereise zwischen den Inseln Oronsay, Colonsay und Mull sichtbar bleiben.

Ein äußerst überraschender Vorfall sollte jedoch die Fahrt des Steamers ein wenig verzögern.

Besessen von ihrer fixen Idee, verharrte Miss Campbell reglos am selben Platz und ließ die Zirkellinie des Horizonts, die sich zwischen den beiden Inseln erstreckte, nicht aus den Augen. Wo sie an den Himmel rührte, spiegelte sich das Sonnenlicht in einem silbernen Dreieck, dessen letzter Schimmer an der Bordwand der *Glengarry* erstarb.

Gewiss war Miss Campbell die Einzige an Bord, deren Blicke hartnäckig auf diesen Teil des Horizonts gerichtet waren; und so war sie auch die Einzige, die bemerkte, wie aufgewühlt das Meer zwischen der Landzunge und der Insel Scarba zu sein schien. Zugleich drang ein fernes Tosen aufeinanderprallender Wellen an ihr Ohr. Dabei blies der Wind kaum ein paar Falten in die fast zähflüssigen Gewässer, die der Vordersteven des Steamers durchschnitt.

– Woher kommen nur dieser Aufruhr und dieses Tosen?, fragte Miss Campbell, indem sie sich ihren Onkeln zuwandte.

Die Brüder Melvill wären sehr um eine Antwort verlegen gewesen, denn sie begriffen ebenso wenig wie ihre Nichte, was da drei Meilen entfernt in der schmalen Meerenge vor sich ging.

Miss Campbell wandte sich also an den Kapitän der *Glengarry*, der auf der Kommandobrücke auf und ab ging, und fragte ihn, was der Grund dieses Getöses und Aufruhrs der Gewässer war.

– Ein schlichtes Phänomen der Gezeiten, antwortete der Kapitän. Was Sie hören, ist das Tosen des Corryvreckan-Mahlstroms.

– Aber das Wetter ist herrlich, wandte Miss Campbell ein, der Wind ist fast nicht zu spüren!

– Dieses Phänomen hängt auch gar nicht vom Wetter ab, erwiderte der Kapitän. Es ist eine Auswirkung des auflaufenden Wassers, das nur zwischen den beiden Inseln Jura und Scarba einen Ausweg findet, wenn es aus dem Jura-Sund tritt. So kommt es, dass die Flut dort äußerst stark hineinschießt, und für ein Boot mit geringer Tonnage wäre es sehr gefährlich, sich hinzuwagen.

Der in diesen Gewässern zu Recht gefürchtete Mahlstrom des Corryvreckan gilt als eine der größten Sehenswürdigkeiten des Hebridenarchipels. Vielleicht könnte man ihn mit dem Raz de Sein vergleichen, welcher an der bretonischen Küste von der Verengung zwischen dem gleichnamigen Riff und der Baie des Trépassés gebildet wird, und mit dem Raz Blanchard, in den sich zwischen Aurigny und der Küste von Cherbourg die Fluten des Ärmelkanals ergießen. Die Legende behauptet, er verdanke seinen Namen einem skandinavischen Prinzen, dessen Schiff dort in keltischen Zeiten unterging. Es ist wahrhaftig ein gefährliches Fahrwasser, wo etliche Schiffe ins Verderben gerissen wurden, ein Fahrwasser, das es durch den schlechten Ruf seiner Strömungen mit dem verhängnisvollen Mahlstrom der norwegischen Küsten aufnehmen kann.

Indessen hatte Miss Campbell das wilde Wogen dieser reißenden Strömung nicht aus den Augen gelassen, als ihre Aufmerksamkeit von einem Punkt der Meerenge noch stärker angezogen wurde. Man hätte meinen können, dort rage aus der Fahrrinne ein Felsen, wenn seine Masse sich nicht mit dem Auf und Ab der Dünung gehoben und gesenkt hätte.

– Sehen Sie, Kapitän, sehen Sie, rief Miss Campbell, was ist das nur, wenn es kein Felsen ist?

– Tatsächlich, erwiderte der Kapitän, das kann nur von der Strömung mitgerissenes Treibgut sein, oder doch ...

Und zu seinem Fernrohr greifend, rief er:

– Ein Boot!

– Ein Boot!, bestätigte Miss Campbell.

– Ja! ... Ganz sicher! ... Eine Schaluppe in Seenot in den Fluten des Corryvreckan!

Bei diesen Worten des Kapitäns waren die Passagiere gleich auf die Kommandobrücke geeilt. Sie schauten hinüber zu dem Mahlstrom. Ein Boot war in die Meerenge gezogen worden, das stand außer Zweifel. Gepackt von der Strömung des auflaufenden Wassers und dem Sog des Strudels, trieb es seinem sicheren Untergang entgegen.

Alle Blicke waren auf diesen vier oder fünf Meilen von der *Glengarry* entfernten Punkt des Mahlstroms gerichtet.

– Das ist wahrscheinlich nur eine Schaluppe, die sich losgerissen hat und abgetrieben ist, gab einer der Passagiere zu bedenken.

– Aber nein! Ich sehe einen Menschen, entgegnete ein anderer.

– Einen Mann ... zwei Männer!, rief Partridge, der sich neben Miss Campbell gestellt hatte.

Tatsächlich, da waren zwei Männer. Sie hatten das Boot nicht mehr unter Kontrolle. Mit der schwachen Brise, die vom Land her wehte, konnte ihr Segel sie nicht aus diesen Strudeln bringen, und die Ruder waren nicht imstande, sie dem Sog des Corryvreckan wieder zu entreißen.

– Kapitän!, rief Miss Campbell, wir können diese Unglücklichen nicht untergehen lassen! Sie sind verloren, wenn man sie sich selbst überlässt! Wir müssen ihnen zu Hilfe kommen! Unbedingt!

Alle an Bord hatten den gleichen Gedanken, und alle warteten auf die Antwort des Kapitäns.

– Die *Glengarry*, sagte dieser, kann sich nicht mitten in den Corryvreckan hineinwagen! Aber vielleicht käme sie, wenn sie näher heranfährt, in Reichweite der Schaluppe!

Und sich zu den Passagieren wendend, schien er sie um ein Zeichen der Zustimmung zu bitten.

Miss Campbell trat zu ihm.

– Es muss sein, Kapitän, es muss sein!, rief sie mit lebhafter Stimme. Meine Mitreisenden wünschen es genau wie

L. Benett
F. MÉAULLE

ich! Es geht um das Leben zweier Menschen, das Sie vielleicht retten können. Ach, Kapitän, ich bitte Sie ...

– Ja, ja!, riefen einige der Passagiere, bewegt von dem leidenschaftlichen Einsatz des jungen Mädchens.

Der Kapitän griff noch einmal zu seinem Fernrohr und beobachtete aufmerksam die Strömungsrichtung der Meerenge; dann wandte er sich an den neben ihm auf der Kommandobrücke stehenden Steuermann.

– Achtung!, rief er. Das Ruder nach Steuerbord!

Unter Einsatz des Steuers drehte der Steamer den Bug nach Westen. Der Maschinist erhielt Order, den Dampfdruck zu erhöhen, und alsbald hatte die *Glengarry* die Spitze der Insel Jura zur Linken hinter sich gelassen.

Niemand an Bord sagte ein Wort. Alle Augen waren ängstlich auf das Boot gerichtet, das immer deutlicher sichtbar wurde.

Es war nur ein kleines Fischerboot, dessen Mast man umgelegt hatte, um den Erschütterungen zu begegnen, die der heftige Aufprall der Wellen erzeugte.

Zwei Männer befanden sich in der Schaluppe, der eine lag der Länge nach ausgestreckt im Heck, der andere ruderte mit aller Kraft und versuchte, dem Zentrum des Sogs zu entkommen. Gelang es ihm nicht, waren beide verloren.

Eine halbe Stunde darauf erreichte die *Glengarry* den äußeren Bereich des Corryvreckan und begann in dessen ersten Wogen stark zu stampfen, doch niemand an Bord beschwerte sich, obwohl die Strömung so reißend war, dass sie einfache Touristen erschrecken konnte.

Tatsächlich war die See in diesem Teil der Meerenge ganz und gar weiß, als blase ein Wind für dreifache Reffs. Man sah nur einen riesigen Schaumteppich, der sich bei der geringen Wassertiefe zu gewaltigen Massen auftürmte.

Die Schaluppe war nur noch eine halbe Meile entfernt. Derjenige der beiden Männer, der sich in die Riemen legte, machte äußerste Anstrengungen, um sich aus dem Strudel zu befreien. Er begriff sehr wohl, dass die *Glengarry* ihm zu Hilfe kam, doch er begriff auch, dass sich der Steamer nicht mehr sehr viel weiter vorwagen konnte und dass es an ihm war, ihn zu erreichen. Sein Gefährte hingegen, der reglos im Heck lag, war offenbar bewusstlos.

Von heftigster Erregung überwältigt, ließ Miss Campbell das in Seenot geratene Boot nicht mehr aus den Augen, das sie als Erste auf den Wassern des Mahlstroms ausgemacht hatte und auf das die *Glengarry*, dank ihrer inständigen Bitte, nun zusteuerte.

Indessen spitzte sich die Situation zu. Es stand zu befürchten, dass der Steamer nicht rechtzeitig eintraf. Er lief nur noch in geringem Tempo, um eine schwere Havarie zu vermeiden, und doch drohten die über den Bug schlagenden Wellen bereits die Gitterluken des Heizraumes zu erreichen, dessen Feuerung sie hätten löschen können – eine beängstigende Aussicht in dieser reißenden Strömung.

Auf die Reling der Kommandobrücke gestützt, war der Kapitän darauf bedacht, nicht von der Fahrrinne abzukommen, und vermied mit geschickten Manövern, in Querlage zu geraten.

Der Schaluppe gelang es indessen nicht, sich aus den Strudeln zu befreien. Mal verschwand sie plötzlich hinter irgendeinem riesigen Brecher, mal sauste sie im Kreis, mit der Geschwindigkeit eines Pfeils oder eher der eines Steins in einer Schleuder, gepackt von den konzentrischen Strömungen des Mahlstroms, deren Tempo im Verhältnis zu ihrem Durchmesser zunahm.

– Schneller, schneller!, rief Miss Campbell, die sich nicht beherrschen konnte, immer wieder.

Doch angesichts der brandenden Wassermassen schrien einige Passagiere bereits vor Schreck auf. Dem Kapitän war klar, welche Verantwortung er auf sich lud, und er zögerte, seinen Weg durch die Meerenge des Corryvreckan fortzusetzen.

Dabei lag zwischen der Schaluppe und der *Glengarry* kaum der Abstand einer halben Kabellänge, sprich dreihundert Fuß; und die Unglücklichen, die mit diesem Boot in ihr Verderben trieben, waren ebenfalls leicht zu erkennen.

Es waren ein alter Seemann und ein junger Mann, der Erste ausgestreckt im Heck, der Zweite an den Rudern kämpfend.

In diesem Moment traf den Steamer eine gewaltige Woge und brachte ihn in eine heikle Lage.

Der Kapitän konnte tatsächlich nicht weiter in den Engpass hineinfahren, und er musste mit großer Mühe so manövrieren, dass er sich mit einigen Radumdrehungen in der Strömung aufrecht hielt.

Plötzlich glitt die Schaluppe, nachdem sie auf dem Kamm einer Welle hin und her geschwankt war, seitwärts und verschwand.

Es gab nur einen einzigen Schrei an Bord, einen Entsetzensschrei!

War das Boot untergegangen? Nein. Auf dem Rücken einer anderen Woge stieg es wieder empor, und ein erneuter kräftiger Ruderschlag warf es zu dem Steamer hinüber.

– Los, los!, riefen die Matrosen, die im Bug Posten bezogen hatten.

Und sie schwenkten eine aufgerollte Leine und passten den Moment ab, sie zu werfen.

Plötzlich sah der Kapitän eine ruhige Stelle zwischen zwei Wirbeln und befahl mehr Dampf. Die *Glengarry* kam in Fahrt und glitt beherzt zwischen die beiden Inseln, während die Schaluppe noch ein paar Faden in ihre Richtung gewann.

Nun wurden die Leinen geworfen, aufgefangen und unten am Mast vertäut; dann fuhr die *Glengarry* rückwärts, um schneller davonzukommen, während das Boot ihr längsseits an der Schleppleine folgte.

Jetzt ließ der junge Mann die Ruder fallen, hob seinen Gefährten hoch, und mithilfe der Matrosen des Steamers wurde der alte Seemann an Bord gehievt. Als die beiden in die Meerenge gerissen wurden, war der Alte von einem schweren Brecher getroffen und damit der Möglichkeit beraubt worden, die Anstrengungen des jungen Mannes zu unterstützen, der von da an auf sich allein gestellt gewesen war.

Soeben war Letzterer an Deck der *Glengarry* gesprungen. Er hatte die Ruhe bewahrt, seine Miene war gelassen, und seine ganze Haltung zeigte, dass ihm Unerschrockenheit nicht weniger auf den Leib geschrieben war als Tatkraft.

Augenblicklich drang er darauf, dass sein Gefährte versorgt würde. Es war der Eigner der Schaluppe, den ein gutes Glas Brandy schon bald wieder auf die Beine brachte.

– Mister Olivier!, sagte er.

– Oh, lieber Seemann, erwiderte der junge Mann, und der hohe Brecher?

– Nicht der Rede wert, da habe ich ganz andere erlebt! Es ist ja schon vorbei!

– Dem Himmel sei Dank! Aber meine Unvorsichtigkeit, immer weiter zu wollen, wäre uns beinahe teuer zu stehen gekommen! Nun, jetzt sind wir doch noch gerettet!

– Mit Ihrer Hilfe, Mister Olivier!

– Nein. Mit Gottes Hilfe!

Und der junge Mann drückte den alten Seemann an seine Brust und machte gar keinen Versuch, seine Erschütterung zu verbergen, die sich auf die Zeugen der Szene übertrug.

Dann wandte er sich um zu dem Kapitän der *Glengarry*, der gerade von der Kommandobrücke heruntersteig:

– Kapitän, sagte er, ich weiß nicht, wie ich Ihnen danken soll für den Dienst, den Sie uns erwiesen haben ...

– Sir, ich habe nur meine Pflicht getan, und um genau zu sein, haben meine Passagiere ein größeres Anrecht auf Ihren Dank.

Der junge Mann drückte dem Kapitän herzlich die Hand; dann zog er seinen Hut und grüßte voller Dankbarkeit die Passagiere.

Ohne das Erscheinen der *Glengarry* wären sein Gefährte und er bis ins Zentrum des Corryvreckan gerissen worden und unweigerlich verloren gewesen.

Während diese Höflichkeiten ausgetauscht wurden, hatte Miss Campbell hingegen geglaubt, ein wenig beiseitetreten zu müssen. Sie wollte nicht, dass die Rede auf den Anteil kam, den sie am Ausgang dieser dramatischen Bergung hatte. So stand sie vorne auf der Kommandobrücke, als ihr plötzlich – offenbar war ihre Laune von Neuem erwacht – mit Blick auf die untergehende Sonne die Worte entschlüpften:

L. Benett
J. DELANGLE

– Und der Blitz? Und die Sonne?

– Keine Sonne mehr!, sagte Bruder Sam.

– Kein Blitz mehr!, sagte Bruder Sib.

Es war zu spät. Die Sonnenscheibe, die eben hinter einem Horizont von wunderbarer Klarheit verschwunden war, hatte ihren grünen Blitz in den Himmelsraum gesandt! Doch in diesem Moment waren Miss Campbells Gedanken anderswo gewesen, und ihr abgelenktes Auge hatte diese Gelegenheit verpasst, die sich vielleicht lange nicht wieder bieten würde!

– Schade, murmelte sie, jedoch ohne allzu großen Ärger, wenn sie bedachte, was soeben geschehen war.

Unterdessen drehte die *Glengarry* ab, um die Meerenge des Corryvreckan zu verlassen, und begab sich zurück auf ihre Route nach Norden. Nachdem der alte Seemann seinem Gefährten ein letztes Mal die Hand gedrückt hatte, stieg er wieder in seine Schaluppe und segelte zur Insel Jura.

Der junge Mann aber, dessen *dorlach*, eine Art lederner Kleidersack, man an Bord gehievt hatte, fuhr als ein weiterer Tourist mit der *Glengarry* nach Oban.

Der Steamer ließ zur Rechten die Inseln Shuna und Luing hinter sich, wo die reichen Schieferbrüche des Margrave of Breadalbane liegen, glitt an der Insel Seil entlang, die diesem Teil der schottischen Küste Schutz bietet; bald darauf bog er in den Firth of Lorn ein und fuhr zwischen die vulkanische Insel Kerrera und das Festland; im letzten Licht der Abenddämmerung warf er schließlich seine Leinen an der Mole des Hafens von Oban.

Aristobulus Ursiclos

Hätte Oban auch einen Ansturm von Badegästen auf seine Strände gelockt wie die viel besuchten Bäder Brighton, Margate oder Ramsgate, eine so bedeutende Persönlichkeit wie Aristobulus Ursiclos wäre dort nicht unbemerkt aufgetreten.

Ohne vom Rang seiner Konkurrenten zu sein, ist Oban doch ein bei den Müßiggängern des Vereinigten Königreichs sehr beliebter Badeort. Seine Lage an der Meerenge von Mull, geschützt vor den Westwinden, deren direkten Einfluss die Insel Kerrera aufhält, zieht Scharen von Fremden an. Die einen kommen, um in den heilsamen Gewässern Kraft zu schöpfen, die anderen nutzen es als Ausgangspunkt, von dem strahlenförmig Wege nach Glasgow, Inverness und zu den sehenswertesten Inseln der Hebriden führen. Außerdem muss man sagen: Oban ist nicht, wie so viele andere Badeorte, eine Art Krankenhaushof; die meisten derjenigen, die hier die warme Jahreszeit verbringen möchten, sind gesund, und man läuft nicht, wie in gewissen Kurorten, Gefahr, sein Whist mit zwei Kranken und einem »Toten« zu spielen.

Oban blickt auf kaum hundertfünfzig Jahre zurück. In der Lage seiner Plätze, der Anordnung seiner Häuser und der Führung seiner Straßen hat es also ein ganz modernes Gepräge. Und doch, die Kirche, ein normannisch anmutendes Bauwerk mit einem hübschen Glockenturm, die in Efeu gekleidete alte Burg Dunollie, deren Mauern sich auf einem Felsen vor Obans nördlichstem Punkt erheben, sein Panorama weißer Wohnhäuser und bunter Villen, die eine über der anderen auf den Hügeln im Hintergrund stehen, schließlich die stillen Wasser seiner Bucht, auf denen elegante Vergnügungsjachten vor Anker gehen, dieses ganze Ensemble ist gleich auf den ersten Blick malerisch.

In diesem Jahr hatte die kleine Stadt Oban nun im August an Fremden, Touristen oder Badegästen keinen Mangel. Auf der Gästeliste eines der besten Hotels war bereits seit einigen Wochen, zwischen anderen mehr oder minder illustren Namen, der Name Aristobulus Ursiclos aus Dumfries (Niederschottland) zu lesen.

Er war eine »Persönlichkeit« von achtundzwanzig Jahren, die nie jung gewesen war und wahrscheinlich nie alt sein würde. Offensichtlich war er bereits in dem Alter geboren, nach dem er sein ganzes Leben lang aussehen sollte. Er war weder eine beeindruckende noch eine unangenehme Erscheinung, hatte ein sehr belangloses Gesicht, für einen Mann zu blonde Haare und hinter seiner Brille die blicklosen Augen eines Kurzsichtigen, und seine Stumpfnase schien nicht in sein Gesicht zu passen. Von den hundertdreißigtausend Haaren, die, den letzten Statistiken zufolge, jeder menschliche Kopf tragen soll, blieben ihm kaum noch sechzigtausend. Ein Bartkranz umrahmte seine Wangen und sein Kinn, was ihm ein affenähnliches Antlitz verlieh. Wäre er ein Affe gewesen, wäre es ein schöner Affe gewesen – vielleicht der, welcher der Stufenleiter der Dar-

winisten fehlt, um den Anschluss der Tierwelt an die Menschenwelt zu schaffen.

Aristobulus Ursiclos war reich an Geld und noch reicher an Ideen. Zu gelehrt für einen jungen Wissenschaftler, der andere nur mit seiner Allgemeinbildung zu langweilen weiß, Absolvent der Universitäten von Oxford und Edinburgh, besaß er eher Kenntnisse der Physik, Chemie, Astronomie und Mathematik als der Geisteswissenschaften. Im Grunde war er sehr eitel; es fehlte nicht viel, und er wäre ein Dummkopf gewesen. Seine hauptsächliche Manie, oder, wenn man so will, seine Monomanie, bestand darin, einfach drauflos zureden und alles zu erklären, was irgendwie mit Naturwissenschaft zu tun hatte; kurz, eine Art Pedant der unangenehmen Art. Man lachte nicht über ihn, weil er nicht komisch war, doch vielleicht machte man sich über ihn lustig, weil er lächerlich war. Niemand hätte weniger das Recht gehabt als dieser vermeintlich junge Mann, die Devise der englischen Freimaurer für sich in Anspruch zu nehmen: *Audi, vide, tacet.* Er hörte nicht zu, er sah nichts, er schwieg nie. Mit einem Wort, um einen sich im Lande von Walter Scott anbietenden Vergleich zu gebrauchen, Aristobulus Ursiclos erinnerte mit seiner gänzlich nüchternen Geschäftigkeit unendlich mehr an den Amtmann Nicol Jarvie als an seinen poetischen Cousin Rob-Roy MacGregor.

Und welche Tochter der Highlands, einschließlich Miss Campbell, hätte nicht Rob-Roy gegenüber Nicol Jarvie den Vorzug gegeben?

Derart war Aristobulus Ursiclos. Wie hatten sich die Brüder Melvill so sehr in diesen Pedanten vernarren können, dass sie ihn durch Heirat zu ihrem Neffen machen wollten? Wie war es so weit gekommen, dass er diesen ehrbaren

Sechzigjährigen gefiel? Vielleicht nur, weil er der Erste war, der offenes Interesse an ihrer Nichte bekundet hatte. In einer Art naiver Begeisterung hatten sich Bruder Sam und Bruder Sib sicher gesagt:

»Hier ist ein reicher junger Mann aus guter Familie mit freier Verfügung über das Vermögen, das ihm aus den Erbschaften seiner Eltern und Verwandten zugefallen ist, und darüber hinaus hervorragend gebildet. Das wird eine ausgezeichnete Partie für unsere Helena! Diese Heirat wird sich von ganz allein ergeben, und standesgemäß ist sie auch, weil wir sie standesgemäß finden.«

Daraufhin hatten sie sich eine ordentliche Prise genehmigt und die Tabaksdose mit einem kurzen scharfen Klacken wieder geschlossen, das zu sagen schien:

»Das wäre erledigt!«

Überdies hielten sich die Brüder Melvill für sehr geschickt, Miss Campbell, dank jener seltsamen Laune mit dem grünen Blitz, nach Oban gebracht zu haben. Dort würde sie, ohne dass es geplant wirkte, weiterhin mit Aristobulus Ursiclos zusammentreffen, was durch seine Abwesenheit momentan nicht möglich war.

Die Brüder Melvill hatten das Cottage von Helensburgh gegen die schönsten Räume des Caledonian Hotels eingetauscht. Sollte ihr Aufenthalt in Oban sich verlängern, wäre es vielleicht angebracht, irgendeine Villa auf den Höhen über der Stadt zu mieten; in der Zwischenzeit aber waren alle, mithilfe von Dame Bess und Partridge, im Etablissement von Hausherr MacFyne komfortabel untergebracht. Später würde man weitersehen.

So traten denn die Brüder Melvill gleich am Tag nach ihrer Ankunft bereits um neun Uhr morgens aus der Vorhalle des fast gegenüber der Hafenmole am Strand gelegenen Caledonian Hotels. Miss Campbell schlummerte noch in ihrem Zimmer im ersten Stock, ohne zu ahnen, dass ihre Onkel sich auf die Suche nach Aristobulus Ursiclos machten.

Die beiden Unzertrennlichen gingen hinunter an den Strand, und da sie wussten, dass ihr »Bräutigam« in einem der im Norden der Bucht erbauten Hotels wohnte, wandten sie sich zu dieser Seite.

Man muss wohl annehmen, dass sie von einer Art Vorahnung geleitet wurden. Zehn Minuten nach ihrem Aufbruch begegnete ihnen tatsächlich Aristobulus Ursiclos, der auf dem gerade vom Wasser freigegebenen Strand seinen täglichen wissenschaftlichen Morgenspaziergang machte und auf seine banale und rein automatische Weise einen Händedruck mit ihnen wechselte.

– Mister Ursiclos!, sagten die Brüder Melvill.

– Die Herren Melvill!, erwiderte Aristobulus in jenem Befehlston, der überrascht klingen soll. Die Herren Melvill ... hier ... in Oban?

– Seit gestern Abend!, sagte Bruder Sam.

– Und wir sind glücklich, Mister Ursiclos, Sie bei bester Gesundheit zu sehen, sagte Bruder Sib.

– Ah, wunderbar, meine Herren. – Sie kennen sicher die Depesche, die gerade eingetroffen ist?

– Die Depesche?, fragte Bruder Sam. Sollte die Regierung Gladstone bereits ...?

– Es handelt sich keineswegs um die Regierung Gladstone, unterbrach Aristobulus Ursiclos ziemlich abschätzig, sondern um eine meteorologische Depesche.

– Ach wirklich, erwiderten die beiden Onkel.

– Ja, es wird bekannt gegeben, dass das Tief von Swinemünde nach Norden gewandert ist und sich dabei merklich ausgeweitet hat. Sein Zentrum liegt nun bei Stockholm, wo das Barometer, das um einen Zoll, also um fünfundzwanzig Millibar, gefallen ist – um das bei den Gelehrten gebräuchliche Dezimalsystem zu verwenden –, nur mehr achtundzwanzig Zoll und sechs Zehntel, also siebenhundertsechsundzwanzig Millibar, zeigt. Wenn der Druck in England und Schottland sich auch kaum verändert, ist er doch gestern in Valencia um ein Zehntel und in Stornoway um zwei Zehntel gefallen.

– Und aus diesem Tief ..., fragte Bruder Sam.

– ... muss man schließen?, ergänzte Bruder Sib.

– Dass sich das schöne Wetter nicht hält, erwiderte Aristobulus Ursiclos, und dass uns der Himmel, da er sich mit den Südwestwinden bald eintrübt, die feuchte Luft des Nordatlantiks bringt.

Die Brüder Melvill dankten dem jungen Gelehrten, ihnen diese interessanten Vorhersagen übermittelt zu haben, und schlossen daraus, dass der grüne Blitz wohl auf sich warten lassen könnte – worüber sie nicht weiter böse waren, da diese Verzögerung ihren Aufenthalt in Oban verlängern würde.

– Und Sie, meine Herren, sind gekommen ...?, fragte Aristobulus Ursiclos, nachdem er einen Kiesel aufgelesen hatte, den er mit äußerster Aufmerksamkeit untersuchte.

Die beiden Onkel hüteten sich, ihn bei diesem Studium zu stören.

Als der Kiesel jedoch seinen Weg zu der Sammlung gefunden hatte, welche die Tasche des jungen Gelehrten bereits enthielt, sagte Bruder Sib:

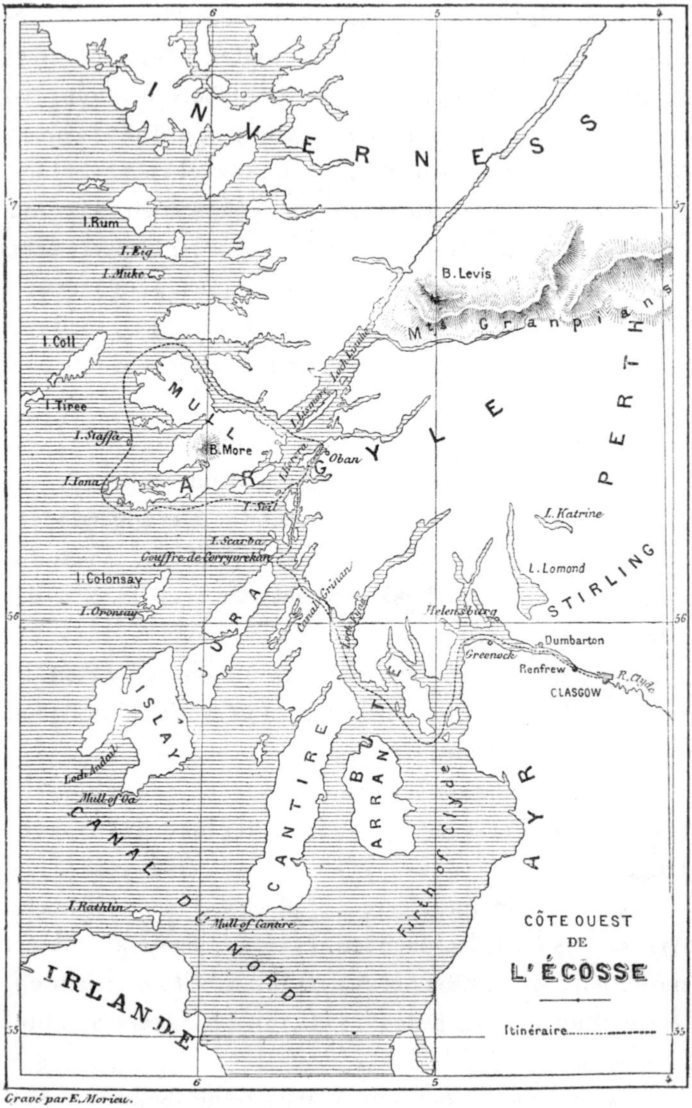

Gravé par E. Morieu.

– Wir sind ganz einfach gekommen, um hier einige Zeit zu verbringen.

– Und wir müssen hinzufügen, sagte Bruder Sam, dass Miss Campbell uns begleitet hat.

– Oh, Miss Campbell!, erwiderte Aristobulus Ursiclos. Ich glaube, der Kieselstein stammt aus der gälischen Zeit. Er trägt Spuren ... – Ich wäre wahrlich entzückt, Miss Campbell wiederzusehen! – ... Spuren meteorischen Eisens. – Dieses bemerkenswert milde Klima wird ihr äußerst guttun.

– Es geht ihr eigentlich wunderbar, wandte Bruder Sam ein, und sie hat keinerlei Bedarf, ihre Gesundheit wiederherzustellen.

– Wie auch immer, versetzte Aristobulus Ursiclos. – Die Luft ist hier ausgezeichnet. Null einundzwanzig Sauerstoff und null neunundsiebzig Stickstoff, dazu etwas Luftfeuchtigkeit in gesunder Höhe. An Kohlensäure kaum eine Spur. Ich prüfe es jeden Morgen.

Die Brüder Melvill nahmen dies als eine liebenswürdige Aufmerksamkeit gegenüber Miss Campbell.

– Aber, fragte Aristobulus Ursiclos, wenn Sie gar nicht aus gesundheitlichen Gründen nach Oban gekommen sind, meine Herren, darf ich erfahren, warum Sie Ihr Cottage in Helensburgh verlassen haben?

– In unserer Lage haben wir keinerlei Grund, Ihnen vorzuenthalten –, begann Bruder Sib.

– Darf ich in Ihrer Reise, versetzte der junge Gelehrte, den begonnenen Satz unterbrechend, einen Wunsch sehen, einen übrigens ganz natürlichen Wunsch, mich mit Miss Campbell unter Bedingungen zusammenkommen zu lassen, in denen wir uns besser kennenlernen, das heißt, uns schätzen lernen können?

– Gewiss, erwiderte Bruder Sam. Wir dachten, dass auf diese Weise das Ziel schneller erreicht wäre ...

– Ich bin ganz Ihrer Meinung, meine Herren, sagte Aristobulus Ursiclos. Hier, auf diesem neutralen Terrain, werden Miss Campbell und ich bei Gelegenheit über Schwankungen der Tide, Windrichtungen, die Höhe der Wellen, wechselnde Gezeiten und andere physikalische Phänomene sprechen, die sie aufs Höchste interessieren werden!

Die Brüder Melvill lächelten einander zufrieden zu und verneigten sich zum Zeichen der Zustimmung. Sie fügten hinzu, dass sie ihren Gast nach ihrer Rückkehr ins Cottage von Helensburgh nur zu gerne mit endgültigerem Anrecht empfangen würden.

Aristobulus Ursiclos entgegnete, er wäre darüber umso glücklicher, als die Regierung im Augenblick gerade zwischen Helensburgh und Greenock wichtige Baggerarbeiten am Clyde ausführen ließe, mittels elektrischer Maschinen unter neuen Voraussetzungen vorgenommene Arbeiten. Hätte er sich erst einmal häuslich im Cottage niedergelassen, könnte er deren Anwendung beobachten und ihre Ergiebigkeit berechnen. Die Brüder Melvill mussten zugeben, wie sehr diese Umstände ihren Plänen entgegenkamen. Während seiner freien Zeit im Cottage würde der junge Gelehrte die verschiedenen Phasen dieser hochinteressanten Arbeit verfolgen können.

– Aber, sagte Aristobulus Ursiclos, Sie haben sich sicher irgendeinen Vorwand ausgedacht, um hierherzukommen, da Miss Campbell zweifellos nicht damit rechnet, mich in Oban zu treffen?

– In der Tat, erwiderte Bruder Sib, und diesen Vorwand hat uns Miss Campbell selbst geliefert.

– Ach!, entfuhr es dem jungen Gelehrten, und wie sieht der aus?

– Es geht um die Beobachtung eines physikalischen Phänomens, für das in Helensburgh die Bedingungen nicht gegeben sind.

– Was Sie nicht sagen, meine Herren!, erwiderte Aristobulus Ursiclos und rückte seine Brille zurecht. Das beweist bereits, dass zwischen mir und Miss Campbell einige sympathetische Affinitäten bestehen! Darf ich erfahren, welches Phänomen es ist, das sich im Cottage nicht ergründen lässt?

– Dieses Phänomen ist ganz einfach der grüne Blitz, antwortete Bruder Sam.

– Der grüne Blitz?, fragte Aristobulus Ursiclos einigermaßen überrascht. Davon habe ich noch nie gehört! Darf ich Sie fragen, was das ist, der grüne Blitz?

Die Brüder Melvill erklärten, so gut sie konnten, worin dieses Phänomen bestand, auf das kürzlich die *Morning Post* ihre Leser aufmerksam gemacht hatte.

– Pah, machte Aristobulus Ursiclos, das ist nur eine belanglose Kuriosität, die in den recht kindischen Bereich der Unterhaltungsphysik gehört!

– Miss Campbell ist erst ein junges Mädchen, erwiderte Bruder Sib, und sie scheint diesem Phänomen eine zweifellos übertriebene Bedeutung beizumessen ...

– Sie will nämlich nicht heiraten, bevor sie es beobachtet hat, fügte Bruder Sam hinzu.

– Nun gut, meine Herren, wir werden ihn ihr zeigen, ihren grünen Blitz!

Dann kehrten alle drei auf dem Weg, der durch die Strandwiesen führte, zum Caledonian Hotel zurück.

Aristobulus Ursiclos ließ sich die Gelegenheit nicht entgehen, die Brüder Melvill darauf hinzuweisen, wie sehr Kindereien das weibliche Gemüt erfreuen, und er legte in großen Zügen alles dar, was zu tun wäre, um das Niveau ihrer falsch aufgefassten Bildung zu heben; nicht dass er glaube, ihr Hirn, das mit weniger Masse ausgestattet und in der Anordnung seiner Lappen sehr andersartig sei als das der Männer, könne je die Intelligenz für bedeutende Erkenntnisse erreichen! Doch ohne so weit zu gehen, könne es vielleicht gelingen, es durch besondere Schulung umzugestalten; seit es Frauen gebe auf der Welt, habe sich allerdings noch keine einzige durch eine jener Entdeckungen hervorgetan, die einen Aristoteles berühmt gemacht hätten, einen Euklid, einen Hervey, einen Hahnemann, einen Pascal, einen Newton, einen Laplace, einen Arago, einen Humphrey Davy, einen Edison, einen Pasteur usw. Dann erging er sich in Erklärungen verschiedener physikalischer Phänomene und schwadronierte, ohne Miss Campbell weiter zu erwähnen, von *omni re scibili*.

Die Brüder Melvill hörten ihm gefällig zu – umso bereitwilliger, als sie außerstande gewesen wären, ein einziges Wort einzuflechten in diesen absatzlosen Monolog, den Aristobulus Ursiclos wiederholt mit einem gebieterischen und pädagogischen Räuspern unterstrich.

So waren sie auf hundert Schritt an das Caledonian Hotel herangekommen und blieben einen Augenblick stehen, um sich voneinander zu verabschieden. In diesem Moment zeigte sich am Fenster ihres Zimmers eine junge Frau. Sie wirkte sehr besorgt, ja sogar völlig außer sich. Sie blickte nach vorn, nach links, nach rechts und schien nach einem Horizont Ausschau zu halten, den sie nicht finden konnte.

DUMOUZA

Plötzlich hatte Miss Campbell – denn sie war es – ihre Onkel entdeckt. Sogleich wurde das Fenster zugeschlagen, und kurz darauf erschien das junge Mädchen mit verschränkten Armen, strenger Miene und vorwurfsvoll umwölkter Stirn am Meeresstrand.

Die Brüder Melvill sahen sich an. Wer hatte Helenas Unmut erregt? War es die Anwesenheit von Aristobulus Ursiclos, die diese Anzeichen ungewöhnlicher Überreiztheit hervorrief?

Der junge Gelehrte war indessen vorgetreten und begrüßte Miss Campbell gewohnheitsmäßig.

– Mister Aristobulus Ursiclos, stellte Bruder Sam ihn einigermaßen förmlich vor.

– Der, wie es der Zufall wollte, ausgerechnet in Oban weilt, setzte Bruder Sib hinzu.

– Ach ... Mister Ursiclos?

Und Miss Campbell erwiderte flüchtig seinen Gruß.

Dann wandte sie sich den reichlich verlegenen Brüdern Melvill zu, die gar nicht wussten, wie sie sich verhalten sollten:

– Onkel?, sagte sie streng.

– Liebe Helena, erwiderten die beiden in merklich besorgtem Ton.

– Wir sind doch in Oban?, sagte sie.

– In Oban, aber ja.

– Auf den Hebriden?

– Sicher.

– Nun, in einer Stunde sind wir nicht mehr hier!

– In einer Stunde ...?

– Ich hatte euch doch um einen Meereshorizont gebeten?

– Gewiss, liebe Tochter ...

– Hättet ihr die Güte, mir zu zeigen, wo er ist?

Die Brüder Melvill drehten sich verblüfft um.

Vor ihnen tat sich sowohl im Südwesten als auch im Nordwesten zwischen den vorgelagerten Inseln keine einzige Lücke auf, wo Himmel und Meer eins wurden. Seil, Kerrera und Lismore bildeten vom einen Ende zum anderen ein gleichsam ununterbrochenes Hindernis. Man musste wohl zugeben, der erbetene und versprochene Horizont war im Landschaftsbild von Oban nicht vorhanden.

Den beiden Brüdern war das bei ihrem Strandspaziergang gar nicht aufgefallen. Und so entschlüpften ihnen jene zwei sehr schottischen Ausrufe, die große Enttäuschung gemischt mit einigem Unmut kundtun:

– Pooh!, machte der eine.

– Pshaw!, erwiderte der andere.

Eine Wolke am Horizont

Eine Erklärung war nötig geworden; da diese Aristobulus Ursiclos aber nichts anging, grüßte Miss Campbell ihn kühl und begab sich zurück ins Caledonian Hotel.

Aristobulus Ursiclos hatte den Gruß des jungen Mädchens nicht weniger kühl erwidert. Offensichtlich gekränkt, mit einem Blitz in Konkurrenz treten zu müssen, ganz gleich welcher Farbe, schlug er wieder den Weg am Strand ein, wobei er aufs Verbindlichste mit sich selbst sprach.

Bruder Sam und Bruder Sib war gar nicht wohl. Sobald sie in dem gemieteten Salon waren, warteten sie mit hängenden Köpfen darauf, dass Miss Campbell das Wort an sie richtete.

Die Erklärung war kurz, aber klar. Man war nach Oban gekommen, um einen Meereshorizont zu sehen, und man sah nichts davon, oder so wenig, dass es nicht der Rede wert war.

Die beiden Onkel konnten nur ihre beste Absicht ins Feld führen. Sie kannten Oban ja gar nicht! Wer hätte gedacht, dass das Meer, das wirkliche Meer, dort nicht vorhanden war, da doch die Badegäste hier zusammenströmten! Das war vielleicht der einzige Punkt der Küste, wo sich die Horizontlinie, wegen dieser unseligen Hebriden, nicht vom Himmel abhob!

– Nun, sagte Miss Campbell, so streng sie konnte, man hätte jeden anderen Ort als Oban wählen können, hätte dann allerdings auch den Vorteil opfern müssen, dort mit Aristobulus Ursiclos zusammenzutreffen!

Die Brüder Melvill senkten instinktiv den Kopf und gaben auf diesen direkten Angriff keine Antwort.

– Wir werden unsere Vorbereitungen treffen, sagte Miss Campbell, und heute noch abreisen.

– Reisen wir ab!, erwiderten die beiden Onkel, die ihre Unbesonnenheit nur durch einen Akt blinden Gehorsams wiedergutmachen konnten.

Und wie gewohnt erklangen sogleich die Namen:

– Bet!

– Beth!

– Bess!

– Betsey!

– Betty!

Dame Bess erschien, gefolgt von Partridge. Beide wurden sofort in Kenntnis gesetzt, und da sie wussten, dass ihre junge Herrin immer ihren Willen bekommen musste, fragten sie nicht einmal nach dem Grund für diese überstürzte Abreise.

Man hatte jedoch nicht mit MacFyne gerechnet, dem Besitzer des Caledonian Hotels.

Man würde sie schlecht kennen, jene achtbaren Unternehmer, selbst im gastfreundlichen Schottland, wenn man glaubte, sie würden eine aus drei Herrschaften und zwei Dienern bestehende Familie abreisen lassen, ohne alles getan zu haben, um sie zurückzuhalten. Das geschah auch in diesem Fall.

Als Hausherr MacFyne über die ernste Angelegenheit orientiert worden war, erklärte er, dass sie sich zur allgemeinen Zufriedenheit lösen ließe, nicht zu reden von der besonderen Zufriedenheit, die er darin finde, solch vornehme Reisende so lange wie möglich dazubehalten.

Was wünschte Miss Campbell, und was verlangten folglich die Herren Sib und Sam Melvill? Einen offenen Blick aufs Meer vor einem weiten Horizont? Nichts leichter als das, da es nur darum ging, diesen Horizont während des Sonnenuntergangs zu beobachten. Von Obans Küste aus konnte man ihn nicht sehen? Zugegeben! Wäre es ausreichend, auf der Insel Kerrera Posten zu beziehen? Nein. Die große Insel Mull gäbe nur im Südwesten den Blick auf ein winziges Stück Atlantik frei. Fuhr man aber weiter die Küste hinunter, war da die Insel Seil, an ihrer Nordspitze durch eine Brücke mit der schottischen Küste verbunden. Dort war gen Westen auf zwei Fünfteln der Kompassrose die Sicht durch nichts behindert.

Sich auf diese Insel zu begeben, war aber nur ein Ausflug von vier bis fünf Meilen, nicht mehr, und wenn das Wetter günstig wäre, könnte ein vortrefflicher Wagen, angespannt mit guten Pferden, Miss Campbell und ihr Gefolge in anderthalb Stunden dorthin bringen.

Zur Unterstützung seiner Behauptung wies der eloquente Hotelier auf die in der Vorhalle des Hotels aufgehängte Karte in großem Maßstab. So konnte Miss Campbell feststellen, dass Hausherr MacFyne ihnen nichts vorzumachen versuchte. Tatsächlich erstreckte sich zum offenen Meer hin vor der Insel Seil ein breiter Abschnitt, der ein Drittel jenes Horizonts einnahm, über dem während der Wochen vor und nach der Tagundnachtgleiche die Sonne sank.

Die Sache kam also zur äußersten Zufriedenheit von Hausherr MacFyne und zum größten Behagen der Brüder Melvill ins Reine. Miss Campbell gewährte ihnen großzügig ihr Pardon und machte keinerlei unangenehme Anspielung mehr auf die Anwesenheit von Aristobulus Ursiclos.

– Es ist doch aber, sagte Bruder Sam, zumindest merkwürdig, dass gerade Oban ein Meereshorizont fehlt.

– Die Natur ist so wundersam, erwiderte Bruder Sib.

Aristobulus Ursiclos war zweifellos sehr froh, als er hörte, dass Miss Campbell nicht anderswo einen günstigeren Ort für ihre meteorologischen Beobachtungen suchen würde; er war jedoch derart versunken in seine bedeutenden Fragen, dass er vergaß, seiner ganzen Zufriedenheit Ausdruck zu verleihen.

Das eigensinnige junge Mädchen war ihm wahrscheinlich dankbar für diese Zurückhaltung, da sie ihn zwar weiterhin gleichgültig, aber doch weniger kühl empfing als bei ihrer ersten Begegnung.

Die Witterungslage hatte sich indessen leicht verändert. Obwohl das Wetter beständig schön blieb, verhüllten ein paar Wolken, die sich in der Mittagshitze auflösten, beim Auf- und Untergang der Sonne den Horizont. Es war also nicht nötig, einen Beobachtungsposten auf der Insel Seil zu suchen. Das wäre verlorene Mühe gewesen, und man musste sich in Geduld üben.

An diesen langen Tagen überließ Miss Campbell ihre Onkel der Auseinandersetzung mit dem von ihnen erwählten Bräutigam und streifte, manchmal in Begleitung von Dame Bess, doch zumeist allein, über die Strände der

Bucht. Nur zu gerne floh sie vor dieser ganzen Gesellschaft von Müßiggängern, die nahezu überall die wechselhafte Bevölkerung der Badeorte bildet: Familien, deren einzige Beschäftigung darin besteht, das Meer steigen und fallen zu sehen, während kleine Mädchen und Jungen sich mit recht britischer Ungezwungenheit im feuchten Sand wälzen; Gentlemen in ihren oft zu rudimentären Badeanzügen, gewichtig und phlegmatisch, deren Hauptanliegen es ist, sich für sechs Minuten ins salzige Wasser zu stürzen; Herren und Damen von beachtlicher *respectability*, unbeweglich und steif auf grünen Bänken mit roten Kissen, ein paar Seiten jener kartonierten und grellbunten Bücher mit eng gedrucktem Text durchblätternd, den englische Ausgaben allzu oft bieten; einige Touristen auf der Durchreise, das Fernrohr über die Schulter gehängt, den runden Hut in die Stirn gedrückt, die langen Gamaschen an den Beinen, den Sonnenschirm unter dem Arm, die gestern angekommen sind und morgen wieder abreisen; dann, inmitten dieser Menge, Unternehmer, deren Unternehmen im Wesentlichen mobil und tragbar ist, Elektrisierer, die für zwei Pence demjenigen Strom verkaufen, der sich den Spaß leisten möchte; Künstler, deren mit Rädern versehenes mechanisches Klavier verunstaltete Melodien aus Frankreich in die heimatlichen Weisen mischt; Freiluftfotografen, die den aus diesem Anlass gruppierten Familien Dutzende von Schnappschüssen machen; Händler im schwarzen Gehrock, Händlerinnen mit Blumenhut, ihre kleinen Karren schiebend, in denen die schönsten Früchte der Welt prangen; schließlich *minstrels*, deren grinsende Visage sich verzerrt unter der Schuhwichse, die sie bedeckt, während sie in verschiedenen Verkleidungen Volksszenen spielen und die heimischen Klagelieder mit unzähligen Strophen singen, umringt von Kindern, die feierlich im Chor die Refrains wiederholen.

Für Miss Campbell besaß dieses Seebäderleben kein Geheimnis und auch keinen Zauber mehr. Sie suchte lieber das Weite vor diesem Hin und Her der Vorübergehenden, die einer dem anderen ebenso fremd erscheinen, als kämen sie von den vier Enden Europas.

So mussten ihre Onkel, wenn sie, beunruhigt über ihre Abwesenheit, zu ihr wollten, am Ende des Strandes auf irgendeiner Landzunge der Bucht nach ihr suchen.

Dort saß Miss Campbell dann wie die sinnende Minna aus dem *Pirate*, den Ellbogen auf einem Felsvorsprung, den Kopf in die eine Hand gestützt und mit der anderen Samenkapseln von jener Art Fenchel streifend, die zwischen den Steinen wächst. Ihr zerstreuter Blick wanderte von einem *stack*, dessen felsiger Gipfel senkrecht aufragte, zu irgendeiner dunklen Höhle, einer dieser ganz vom Tosen des Meeres erfüllten *helyers*, wie man in Schottland sagt.

In der Ferne waren, mit der Reglosigkeit priesterlicher Tiere, Kormorane aufgereiht, und sie sah ihnen nach, als sie, in ihrer Seelenruhe gestört, davonflogen und dabei mit ihren Flügeln den Kamm der flachen Brandungswellen streiften.

Woran dachte das junge Mädchen? Aristobulus Ursiclos hätte sicher die Frechheit und die Onkel die nötige Einfalt besessen, zu glauben, sie denke an ihn: Sie hätten sich getäuscht.

Miss Campbell kehrte in Gedanken zurück zu den Szenen des Corryvreckan. Sie sah die Schaluppe in Seenot wieder vor sich und die Manöver der sich mitten in die Meerenge wagenden *Glengarry*. In der Tiefe ihres Herzens begegnete sie wieder jener Aufregung, von der sie so überwältigt worden war, als die Waghalsigen im Schlund des Strudels verschwanden ... Dann die Rettung, die auf gut Glück geworfene Leine, der ruhig, lächelnd, an Deck auftauchende elegante junge Mann, der weniger aufgeregt war als sie und den Passagieren zur Begrüßung winkte.

Für einen überspannten Kopf lag darin der Beginn eines Romans; es schien jedoch, als sollte der Roman sich auf dieses erste Kapitel beschränken. Das begonnene Buch in Miss Campbells Händen war plötzlich wieder zugeschlagen worden. Auf welcher Seite würde sie es je wieder öffnen können, da »ihr Held«, einem Wotan gälischer Heldengedichte gleich, nicht wiederaufgetaucht war?

Doch hatte sie ihn denn wenigstens gesucht inmitten dieser Menge belangloser Leute, welche die Strände von Oban bevölkerte? Vielleicht. War sie ihm begegnet? Nein. Er jedenfalls hätte sie gewiss nicht wiedererkennen können. Warum hätte sie ihm an Bord der *Glengarry* auch auffallen sollen? Warum hätte er auf sie zugehen sollen? Wie hätte er erraten sollen, dass er seine Rettung teilweise ihr verdankte? Und doch hatte vor allem sie das Boot in Seenot entdeckt, hatte als Erste den Kapitän angefleht, ihm zu Hilfe zu eilen! Und genau genommen hatte sie das an jenem Abend womöglich den grünen Blitz gekostet!

Zu befürchten war es tatsächlich.

In den drei Tagen, die auf die Ankunft der Familie Melvill in Oban folgten, hätte der Himmel einen Astronomen der Sternwarten von Edinburgh oder Greenwich zur Verzweiflung gebracht. Er war wie wattiert von einer Art Dunst, enttäuschender noch, als wenn es Wolken gewesen wären. Auch die stärksten Fernrohre oder Teleskope, der Hohlspiegel von Cambridge sowie der von Parsontown hätten ihn nicht zu durchdringen vermocht.

Allein die Sonne hätte genügend Kraft besessen, ihn mit ihren Strahlen zu durchbrechen, doch bei ihrem Untergang verschwamm der Horizont in leichten Nebeln, die den Westen in prächtigste Purpurtöne kleideten. Für den grünen Blitz wäre es also unmöglich gewesen, die Augen eines Beobachters zu erreichen.

Überwältigt von einer leicht wahnhaften Fantasie, verwob Miss Campbell in ihrem Traum nun den Schiffbrüchigen vom Corryvreckan-Mahlstrom mit dem grünen Blitz. Es war jedoch unbestreitbar, dass weder der eine noch der andere zum Vorschein kam. Den einen verschleierten die Nebel, den anderen verbarg das Inkognito.

Die Brüder Melvill waren schlecht beraten, wenn sie darauf verfielen, ihre Nichte zur Geduld anzuhalten. Miss Campbell scheute sich nicht, sie für diese Wetterstörungen verantwortlich zu machen. Sie gaben also dem ausgezeichneten Aneroidbarometer die Schuld, das sie vorsorglich aus Helensburgh mitgebracht hatten und dessen Nadel einfach nicht wieder steigen wollte. Sie hätten wahrhaftig ihre Tabaksdose dafür gegeben, zum Untergang des Leuchtgestirns einen wolkenlosen Himmel zu bekommen!

Der Gelehrte Ursiclos dagegen besaß eines Tages die vollendete Ungeschicklichkeit, die Entstehung dieser Nebel, mit denen sich der Horizont füllte, gänzlich natürlich zu finden. Davon ausgehend eine Vorlesung in Physik zu halten, war ein kleiner Schritt, und den tat er in Anwesenheit von Miss Campbell. Er sprach über Wolken im Allgemeinen, über ihre Abwärtsbewegung, die sie mit sinkender Temperatur auf den Horizont zuführt, über leichteren Dunst in bläschenförmigem Zustand, über seine wissenschaftliche Einteilung in Nimbus, Stratus, Kumulus, Zirrus! Es versteht sich von selbst, dass er sich mit seiner Gelehrsamkeit umsonst verausgabte.

Und das war so deutlich, dass die Brüder Melvill nicht wussten, wie sie sich während dieses ungelegenen Vortrags verhalten sollten.

Ja, Miss Campbell ließ den jungen Mann abblitzen, um es mit den Worten des modernen Dandytums zu sagen; zunächst blickte sie betont in eine ganz andere Richtung, um ihm kein Gehör zu schenken; dann schaute sie unverwandt zur Burg Dunollie hinauf, damit es so aussah, als bemerke sie ihn gar nicht; schließlich betrachtete sie die Spitze ihrer feinen Badeschuhe – Zeugnis unverhohlenster Gleichgültigkeit, Ausdruck vollständigster Verachtung, die eine Schottin sowohl für das, was ihr Gesprächspartner sagt, als auch für seine ganze Person an den Tag zu legen vermag.

Aristobulus Ursiclos, der immer nur sich selber sah und hörte, der immer nur für sich sprach, bemerkte es nicht oder schien es nicht zu bemerken.

So vergingen der 3., 4., 5. und 6. August, doch an diesem letzten Tag stieg zur großen Freude der Brüder Melvill das Barometer wieder um ein paar Striche über »veränderlich«.

So begann der nächste Tag mit den schönsten Aussichten. Um zehn Uhr morgens war strahlender Sonnenschein, und der Himmel spannte sein Blau in vollendeter Klarheit über das Meer.

Miss Campbell konnte sich diese Gelegenheit nicht entgehen lassen. In den Stallungen des Caledonian Hotels stand ein offener Wagen stets zu ihrer Verfügung. Jetzt oder nie war dafür der Moment.

Um fünf Uhr abends nahmen Miss Campbell und die Brüder Melvill also Platz in der Kalesche, gelenkt von einem Kutscher, der die Manöver des *four in hand* beherrschte; Partridge stieg auf den Rücksitz, und zart berührt von der Schnur der langen Peitsche, preschten die vier Pferde auf die Straße von Oban nach Clachan.

Aristobulus Ursiclos war mit irgendeinem bedeutenden wissenschaftlichen Aufsatz beschäftigt und konnte zu seinem großen Bedauern – wenn auch nicht dem von Miss Campbell – nicht mit von der Partie sein.

Der Ausflug war in jeder Hinsicht zauberhaft. Der Wagen folgte der Küstenstraße entlang der Meerenge, die die Insel Kerrera von der Küste Schottlands trennt. Diese Insel vulkanischen Ursprungs war äußerst malerisch, in den Augen von Miss Campbell jedoch hatte sie einen Makel: Sie verstellte ihr den Meereshorizont. Immerhin waren unter diesen Umständen nur viereinhalb Meilen zurückzulegen, und so war sie bereit, das harmonische Profil der Insel zu bewundern, deren Umriss vor einem leuchtenden Hintergrund stand, samt den die Südspitze krönenden Ruinen des dänischen Schlosses.

– Das war einmal die Residenz der MacDouglas of Lorn, bemerkte Bruder Sam.

– Und für unsere Familie, fügte Bruder Sib hinzu, ist dieses Schloss von historischem Interesse, da es von den Campbells zerstört wurde, die es, nachdem sie erbarmungslos all seine Bewohner niedergemetzelt hatten, in Brand steckten!

Diese wichtige Begebenheit schien den besonderen Beifall von Partridge zu finden, der zu Ehren des Clans leise applaudierte.

Als die Insel Kerrera hinter ihnen lag, bog der Wagen in eine leicht holprige, schmale Straße ein, die zum Dorf Clachan führte. Dort fuhr er auf jenen künstlichen Isthmus, der wie eine Brücke über die Meerenge greift und die Insel Seil mit dem Kontinent verbindet. Eine halbe Stunde darauf stiegen die Ausflügler, nachdem sie den Wagen in einer kleinen Schlucht gelassen hatten, den recht steilen Hang eines Hügels hinauf und setzten sich am Ufer an die äußerste Kante der Klippe.

Diesmal konnte nichts die Aussicht der nach Westen gewandten Beobachter stören: weder das Eiland Easdale noch das von Inish, beide hingeduckt neben Seil. Zwischen Ardanalish, der Spitze der Insel Mull im Nordosten, einer der größten der Hebriden, und der Insel Colonsay im Südwesten zeigte sich ein Meeresabschnitt, in dem die Sonnenscheibe bald ihr Leuchtfeuer versenken würde.

Miss Campbell saß, ganz in Gedanken, ein wenig weiter vorne. Ein paar Raubvögel, Adler oder Falken, schwebten, als Einzige diese Einsamkeit mit Leben erfüllend, über *dens*, trichterförmig ausgehöhlten kleinen Tälern mit felsigen Wänden.

Astronomisch musste die Sonne zu dieser Jahreszeit und auf diesem Breitengrad um sieben Uhr vierundfünfzig genau in Richtung der Landzunge Ardanalish untergehen.

Ein paar Wochen später wäre es jedoch unmöglich gewesen, sie hinter dem Meereshorizont verschwinden zu sehen, da die Landmasse der Insel Colonsay sie den Blicken entzogen hätte.

An diesem Abend waren Wetter und Ort also für die Beobachtung des Phänomens gut gewählt.

Jetzt bewegte sich die Sonne auf schräger Bahn auf den wolkenlosen Horizont zu.

Die Augen hatten einige Mühe, den Glanz ihrer glutrot gewordenen Scheibe zu ertragen, der von den Wasserfluten in einer langen Leuchtspur gespiegelt wurde.

Indessen wären weder Miss Campbell noch ihre Onkel bereit gewesen, ihre Lider zu schließen, nein, nicht einmal für einen Moment.

Noch bevor aber der untere Rand des Gestirns den Horizont berührt hatte, entfuhr Miss Campbell ein Schrei der Enttäuschung.

Eine kleine Wolke war erschienen, dünn wie ein Strich, lang wie die Flagge eines Kriegsschiffes. Sie teilte die Scheibe in zwei ungleiche Teile und schien mit ihr bis auf Meereshöhe zu sinken.

Ein noch so leichter Windhauch hätte wohl genügt, sie zu vertreiben, sie aufzulösen ... Der Windhauch kam nicht.

Und als die Sonne nur noch ein winziger Bogen war, lag an ihrer Stelle dieser feine Dunst auf der Linie zwischen Himmel und Wasser.

Der grüne Blitz war in dieser kleinen Wolke verschwunden und hatte das Auge der Beobachter nicht erreichen können.

Worte von Dame Bess

Die Rückfahrt nach Oban verlief in Schweigen. Miss Campbell sagte kein Wort, die Brüder Melvill wagten sich nicht zu äußern. Dabei war es nicht ihre Schuld, wenn dieser unselige Dunst gerade rechtzeitig erschienen war, um den letzten Sonnenstrahl zu schlucken. Immerhin brauchte man nicht zu verzweifeln. Die schöne Jahreszeit würde noch länger als sechs Wochen anhalten. Es müsste wirklich mit dem Teufel zugehen, wenn es den ganzen Herbst über keinen einzigen schönen Abend mit wolkenlosem Horizont gäbe.

Und doch war dieser wunderbare Abend für sie verloren, und einen ähnlichen schien das Barometer nicht zu versprechen – jedenfalls nicht so bald. Tatsächlich wanderte die launische Nadel des Aneroids über Nacht wieder leicht in Richtung »veränderlich«. Was aber für jedermann noch schönes Wetter war, konnte Miss Campbell nicht zufriedenstellen.

Am nächsten Tag, dem 8. August, dämpfte ein warmer Nebel das Sonnenlicht. Die mittägliche Brise war diesmal nicht stark genug, ihn aufzulösen. Gegen Abend färbte sich der Himmel in leuchtendem Purpurrot. Der ganze Farbklang von Chromgelb bis Dunkelultramarin ließ den

Horizont wie die überwältigende Palette eines Malers erscheinen. Hinter dem flockigen Schleier kleiner Wölkchen tauchte der Sonnenuntergang den Hintergrund der Küste in alle Farben des Spektrums, mit Ausnahme derjenigen, welche die eigensinnige und abergläubische Miss Campbell unbedingt zu Gesicht bekommen wollte.

Und so war es auch am nächsten und am übernächsten Tag. Die Kalesche blieb also in der Remise des Hotels. Warum einer Beobachtung entgegenfahren, die der Zustand des Himmels unmöglich machte? Den Anhöhen der Insel Seil konnte es nicht besser ergehen als den Stränden von Oban, und lieber setzte man sich keiner weiteren Enttäuschung aus.

Ohne ungebührlich missgelaunt zu sein, begnügte Miss Campbell sich damit, wenn es Abend geworden war, auf ihr Zimmer zu gehen und über die wenig entgegenkommende Sonne zu schmollen. Dann ruhte sie aus von ihren langen Spaziergängen und lag hellwach in Träumen. Wovon? Von jener Legende, die sich um den grünen Blitz rankte? Musste sie ihn denn noch sehen, um in ihrem Herzen lesen zu können? In ihrem eigenen vielleicht nicht, doch im Herzen anderer?

An diesem Tag war Helena, begleitet von Dame Bess, in ihrer Enttäuschung zu den Ruinen von Dunollie Castle gewandert. Hier, am Fuße einer dicht mit Efeu überwucherten Mauer, ist nichts wunderbarer als das Panorama der weit geschwungenen Bucht von Oban, mit der wilden Gestalt von Kerrera, den im Meer der Hebriden verstreuten Inselchen und jener großen Insel Mull, deren westliche Klippen den ersten Angriffen der vom Westatlantik herandrängenden Stürme ausgesetzt sind.

Und so schaute Miss Campbell in die prachtvolle Ferne, die sich vor ihren Augen erstreckte – doch sah sie diese wirklich? War sie nicht abgelenkt von einer gewissen bleibenden Erinnerung? Jedenfalls lässt sich sagen, dass es nicht das Bild von Aristobulus Ursiclos war. Diesem jungen Besserwisser wäre es wahrhaft nicht gut bekommen, an jenem Tag die Meinungen zu hören, die Dame Bess so offen über ihn äußerte.

– Er gefällt mir nicht, sagte sie immer wieder. Nein, er gefällt mir nicht. Er denkt nur daran, sich selbst zu gefallen. Was für eine Figur würde er im Cottage von Helensburgh machen? Er ist vom Clan der »MacEgoist«, wenn mich nicht alles täuscht! Wie konnten die Herren Melvill auf den Gedanken kommen, er könne jemals ihr Neffe werden? Partridge kann ihn ebenso wenig ausstehen wie ich, und Partridge kennt sich da aus. Gefällt er Ihnen etwa, Miss Campbell?

– Von wem sprichst du?, fragte das junge Mädchen, das kein Wort verstanden hatte.

– Von dem, der für Sie nicht infrage kommt ... und wenn es nur um die Ehre des Clans ginge!

– Wer, glaubst du, kommt für mich nicht infrage?

– Na, dieser Mister Ursiclos, der besser auf der anderen Seite des Tweed nachsehen sollte, ob es je Campbells gab, die hinter Ursiclos her waren!

Dame Bess nahm für gewöhnlich kein Blatt vor den Mund, doch sie musste schon besonders aufgebracht sein, um ihrer Herrschaft zu widersprechen – hier allerdings zum Nutzen ihrer jungen Herrin! Sie spürte im Übrigen sehr wohl, dass Helena diesem Kandidaten mehr als Gleichgültigkeit entgegenbrachte. Nicht ahnen konnte sie dagegen, dass diese Gleichgültigkeit noch durch ein umso lebhafteres Interesse für einen anderen verstärkt wurde.

Immerhin kam Dame Bess vielleicht ein Verdacht, als Miss Campbell sie fragte, ob sie in Oban den jungen Mann noch einmal gesehen habe, dem die *Glengarry* so erfolgreich Hilfe und Beistand gewährt hatte.

– Nein, Miss Campbell, er ist wohl gleich abgereist, aber Partridge meint, ihn gesehen zu haben ...

– Wann denn?

– Gestern, auf der Landstraße nach Dalmally. Er kam zurück, mit dem Rucksack, wie ein Künstler auf Reisen! Oh, ein unvorsichtiger Mensch, dieser junge Mann! Dass er sich so in den Corryvreckan-Mahlstrom hat ziehen lassen, sagt nichts Gutes für die Zukunft. Nicht immer wird irgendein Schiff zur Stelle sein, um ihm zu Hilfe zu kommen, und einmal wird es ihm schlecht ergehen.

– Meinst du, Dame Bess? Wenn er auch unvorsichtig war, so hat er doch wenigstens Mut bewiesen, und seine Kühnheit scheint ihn in der Gefahr nicht einen Moment verlassen zu haben.

– Mag sein, aber ganz sicher, Miss Campbell, fuhr Dame Bess fort, hat dieser junge Mann nicht gewusst, dass er seine Rettung vielleicht Ihnen verdankt, denn sonst hätte er sich spätestens am Tag nach seiner Ankunft in Oban bei Ihnen bedankt ...

– Bedankt?, erwiderte Miss Campbell. Warum denn? Ich habe für ihn nur getan, was ich für jeden anderen getan hätte und was, das kannst du mir glauben, an meiner Stelle auch jeder andere getan hätte!

– Würden Sie ihn wiedererkennen?, fragte Dame Bess und schaute das junge Mädchen an.

– Ja, erwiderte Miss Campbell freimütig, und ich gestehe, dass mich sein Wesen, der unbeirrte Mut, den er zeigte, als er an Deck erschien, als wäre er nicht gerade dem Tode entronnen, die warmherzigen Worte, die er seinem alten Gefährten sagte, als er ihn in seine Arme schloss, dass mich all das tief beeindruckt hat!

– Nun, versetzte die ehrenwerte Frau, ich könnte zwar nicht recht sagen, wem er ähnelt, aber jedenfalls nicht diesem Mister Aristobulus Ursiclos!

Miss Campbell lächelte, ohne etwas zu antworten, erhob sich, blieb einen Augenblick reglos stehen und warf einen letzten Blick auf die fernen Höhen der Insel Mull; dann stieg sie, gefolgt von Dame Bess, den steinigen Pfad, der zur Landstraße nach Oban führte, wieder hinunter.

An diesem Abend versank die Sonne in einer Art leuchtendem Staub, leicht wie paillettenbestickter Tüll, und abermals verlosch ihr letzter Strahl in den Abendnebeln.

So kehrte Miss Campbell denn zurück in ihr Hotel, zeigte keinen rechten Appetit bei dem Dinner, das ihre Onkel eigens für sie bestellt hatten, und ging nach einem kurzen Spaziergang über den Strand auf ihr Zimmer.

Eine Krocketpartie

Man muss schon sagen, dass die Brüder Melvill die Tage, wenn nicht gar die Stunden, zu zählen begannen. Es lief nicht so, wie sie wollten. Die sichtliche Verstimmung ihrer Nichte, dieses Bedürfnis, allein zu sein, das sie überkam, das geringe Entgegenkommen, das sie Aristobulus Ursiclos gegenüber zeigte, was ihn noch dazu weniger bekümmerte als die Onkel, all das trug nicht dazu bei, diesen Aufenthalt in Oban angenehm zu gestalten. Sie wussten nicht, was sie sich einfallen lassen sollten, um dieser Eintönigkeit ein Ende zu setzen. Vergeblich lauerten sie auf die geringsten atmosphärischen Schwankungen. Sie sagten sich, Miss Campbell würde, wenn ihr Wunsch erst erfüllt wäre, gewiss wieder verträglicher – zumindest ihnen gegenüber.

Denn seit zwei Tagen war Helena noch verschlossener und vergaß, ihnen jenen Morgenkuss zu geben, der sie doch beide für den Rest des Tages in gute Laune zu versetzen pflegte.

Ungerührt von den Vorhaltungen der beiden Onkel, entschied sich das Barometer indessen keineswegs zur Voraussage einer baldigen Wetteränderung. So sorgsam sie es auch zehn Mal am Tag beklopften, um die Nadel zu einem Ausschlag zu veranlassen, die Nadel bewegte sich keinen Strich breit wieder nach oben. Oh, diese Barometer!

Dennoch kam den Brüdern Melvill eine Idee. Am Nachmittag des 11. August hatten sie den Einfall, Miss Campbell eine Krocketpartie vorzuschlagen, um sie, wenn irgend möglich, zu zerstreuen, und obwohl Aristobulus Ursiclos dabei sein sollte, hatte Helena nichts dagegen, so umsichtig wusste sie ihnen Freude zu machen.

Es muss gesagt werden, dass Bruder Sam und Bruder Sib für sich in Anspruch nahmen, dieses im Vereinigten Königreich hoch geschätzte Spiel hervorragend zu beherrschen. Bekanntlich ist es bloß das ausgezeichnet dem Geschmack der weiblichen Jugend angepasste alte *Pall-mall.*

Nun gab es gerade in Oban mehrere für die Manöver des Krocketspiels vorgesehene Plätze. Mag man sich auch in den meisten Badeorten mit einem mehr oder wenig geebneten Gelände begnügen, ob Rasen oder Strand, so zeugt das nicht gerade vom Anspruch der Spieler, sondern von ihrer Gleichgültigkeit oder geringen Begeisterung für diesen vornehmen Zeitvertreib. Hier wurden die nicht etwa sandigen, sondern, wie es sich gehört, rasenbedeckten Flächen – sogenannte *croquet grounds* – jeden Abend mit Rasensprengern bewässert und jeden Morgen mit einer besonderen Maschine gewalzt, sodass sie glatt wurden wie gebügelter Samt. In den Boden eingelassene kleine Steinwürfel waren für die Pflöcke und Tore vorgesehen. Außerdem begrenzte jedes Spielfeld ein mehrere Zoll tiefer Graben und gab ihm die zwölfhundert Fuß im Quadrat, welche für die Aktionen der Spieler erforderlich waren.

Wie oft hatten die Brüder Melvill voller Neid die jungen Männer und jungen Mädchen betrachtet, die auf diesen erstklassigen Feldern spielten! Welche Freude war es daher für sie, als Miss Campbell ihrer Einladung folgte. Sie würden ihr also Zerstreuung bieten und dabei auch noch ihrem Lieblingsspiel frönen können, inmitten von Zuschauern, die ihnen hier ebenso wenig fehlen würden wie in Helensburgh. Diese Angeber!

Der hinzugebetene Aristobulus Ursiclos hatte sich bereit erklärt, seine Studien zu unterbrechen, und war pünktlich auf dem Kampfplatz. Er bildete sich ein, in Theorie und Praxis des Krockets gleichermaßen bewandert zu sein, das Spiel als Gelehrter zu spielen, als Vermesser, als Physiker, als Mathematiker, kurz, mittels A plus B, wie es sich für einen studierten Kopf gehört.

Miss Campbell war nur mäßig davon angetan, dass sie unbedingt diesen jungen Besserwisser zum Partner haben musste. Doch wie sollte es sonst gehen? Würde sie ihren beiden Onkeln den Kummer bereiten, sie beim Kampf zu trennen, sie gegeneinander antreten zu lassen, sie, die in Herz und Verstand, mit Leib und Seele so eins waren, die immer nur zusammen spielten? Nein, das hätte sie nicht gewollt.

– Miss Campbell, erklärte Aristobulus Ursiclos zuallererst, ich bin froh, Ihr Sekundant zu sein, und wenn Sie mir gestatten, Ihnen das Entscheidende bei den Schlägen erläutern zu dürfen ...

– Mister Ursiclos, erwiderte Helena und nahm ihn beiseite, wir müssen meine Onkel gewinnen lassen.

– Gewinnen lassen?

– Ja ... Ohne dass es so aussieht.

– Aber Miss Campbell ...

– Sie wären zu unglücklich, wenn sie verlieren würden.

– Aber ... erlauben Sie!, entgegnete Aristobulus Ursiclos. Mit der Geometrie des Krocketspiels kenne ich mich aus, darf ich wohl behaupten! Ich habe die Kombination der Züge, den Ausschlag der Kurven berechnet, und ich meine wohl für mich in Anspruch nehmen zu dürfen ...

– Ich habe keinen anderen Anspruch, erwiderte Miss Campbell, als den, unseren Gegnern einen Dienst zu erweisen. Im Übrigen sind sie sehr gute Krocketspieler, kann ich Ihnen sagen, und ich glaube nicht, dass Ihre ganze Wissenschaft gegen ihre Geschicklichkeit ankommt.

– Das werden wir noch sehen, murmelte Aristobulus Ursiclos, den kein einziger Beweggrund dazu gebracht hätte, sich freiwillig schlagen zu lassen – nicht einmal Miss Campbell.

Indessen hatte der Balljunge des *croquet ground* den Kasten mit den Pflöcken, Spielmarken, Toren, Kugeln und Schlägern gebracht.

Die Tore, neun an der Zahl, wurden rautenförmig auf den kleinen Pflasterungen aufgestellt, und an jedem Ende der Längsachse dieser Raute wurden die beiden Pflöcke eingeschlagen.

– Jetzt wird gelost!, sagte Bruder Sam.

Die Spielmarken kamen in einen Hut. Jeder der Spieler nahm auf gut Glück eine heraus.

Der Zufall verteilte die Farben folgendermaßen: eine Kugel und einen Schläger in Blau für Bruder Sam; eine Kugel und einen Schläger in Rot für Ursiclos; eine Kugel und einen Schläger in Gelb für Bruder Sib; eine Kugel und einen Schläger in Grün für Miss Campbell.

– Bis der Blitz in der gleichen Farbe kommt, sagte sie. Das ist doch ein gutes Vorzeichen!

Bruder Sam musste den Anfang machen, und er begann, nachdem er sich mit seinem Partner eine ordentliche Prise genehmigt hatte.

Man hätte ihn sehen müssen, den Körper nicht zu gerade, nicht zu gebeugt, den Kopf halb seitwärts gewandt, sodass er seine Kugel an der richtigen Stelle treffen konnte, die Hände eine neben der anderen am Griff des Schlägers, die linke unten, die rechte darüber, standfest, die Knie leicht gebeugt, um den Schwung des Schlages auszugleichen, den linken Fuß auf Höhe der Kugel, den rechten Fuß ein wenig zurückgesetzt! Ein vollendeter Gentleman-Krocketer!

Nun holte Bruder Sam mit seinem Schläger bedächtig im Halbkreis aus, dann versetzte er der achtzehn Zoll vor dem *fock* oder Startpfahl liegenden Kugel einen Schlag und musste nicht von seinem Recht Gebrauch machen, diesen ersten Zug dreimal von Neuem zu beginnen.

Tatsächlich ging die geschickt geschlagene Kugel durch das erste und gleich durch das zweite Tor, ein weiterer Schlag ließ sie das dritte durchqueren, und erst am Eingang zum vierten erwischte sie etwas zu viel »Eisen« und blieb liegen.

Ein herrlicher Start. So ging denn auch ein schmeichelhaftes Raunen durch die Menge der Zuschauer, die hinter dem kleinen Graben um den Rasenplatz standen.

Aristobulus Ursiclos war an der Reihe. Dies fiel weniger glücklich aus. Ungeschick oder Pech, er musste dreimal von vorn beginnen, um seine Kugel durch das erste Tor zu bringen, und das zweite verfehlte er.

– Gut möglich, gab er Miss Campbell zu bedenken, dass diese Kugel nicht ordentlich geeicht ist. Wenn in diesem

Fall der Schwerpunkt nicht in der Mitte liegt, bringt er sie von ihrer Bahn ab ...

– Sie sind dran, Onkel Sib, sagte Miss Campbell, ohne dieser wissenschaftlichen Erklärung Gehör zu schenken.

Bruder Sib stand Bruder Sam in nichts nach. Seine Kugel ging durch zwei Tore und blieb dicht neben der von Aristobulus Ursiclos liegen, die ihm dazu diente, das dritte zu durchqueren, nachdem er sie rochiert, das heißt weggeschlagen hatte; dann rochierte er nochmals den jungen Gelehrten, dessen ganze Miene zu sagen schien: »Das können wir besser!« Nun ja, nachdem die beiden Kugeln in Kontakt gebracht waren, stellte Bruder Sib den Fuß auf die seine, versetzte ihr einen kräftigen Schlag und krockierte die Kugel seines Gegners, das heißt schickte sie durch die Übertragung sechzig Schritt weiter, deutlich hinter die Grabengrenze.

Aristobulus Ursiclos musste hinter seiner Kugel herlaufen, aber er tat es ohne Eile, als überlegener Mensch, und dann wartete er in der Haltung eines Generals, der über einen großen Angriff nachdenkt.

Miss Campbell nahm ihrerseits die grüne Kugel und spielte sie geschickt durch die ersten beiden Tore.

Die Partie verlief weiter sehr vorteilhaft für die Brüder Melvill, welche alles daransetzten, die gegnerischen Kugeln zu rochieren und zu krockieren. Was für ein Gemetzel! Sie verständigten sich mit kleinen Zeichen, mussten sich nicht einmal absprechen, und zur großen Befriedigung ihrer Nichte, indes zum großen Ärger von Aristobulus Ursiclos, lagen sie schließlich vorne.

Als Miss Campbell fünf Minuten nach Spielbeginn sah, dass sie weit genug im Rückstand war, begann sie ernsthafter zu spielen und zeigte viel mehr Geschick als ihr Partner, der ihr die wissenschaftlichen Ratschläge allerdings nicht ersparte.

– Der Reflexionswinkel, erklärte er ihr, ist gleich dem Einfallswinkel, und das verrät Ihnen genau die Richtung, welche die Kugeln nach dem Schlag nehmen werden. Das muss man ausnutzen, um ...

– Nutzen Sie es doch selbst aus, gab ihm Miss Campbell zur Antwort. Ich liege nun drei Tore vor Ihnen, Sir!

Und tatsächlich blieb Aristobulus Ursiclos erbärmlich im Hintertreffen. Zehn Mal hatte er schon erfolglos das mittlere Doppeltor zu durchqueren versucht. So gab er diesem Gerät die Schuld, ließ es nochmals aufstellen, veränderte die Spannweite und versuchte sein Glück von Neuem.

Das Glück war ihm nicht gewogen. Jedes Mal stieß die Kugel an das Eisen, und er schaffte es nicht hindurch.

Miss Campbell hätte sich wahrhaftig zu Recht über ihren Partner beschweren können. Sie ihrerseits spielte hervorragend und verdiente Komplimente, an denen ihre beiden Onkel auch nicht sparten. Es war einfach bezaubernd, zu sehen, wie sie sich ganz diesem Spiel hingab, das so gut geeignet ist, die körperlichen Reize zur Entfaltung zu bringen; die leicht gehobene rechte Fußspitze, mit der sie ihre Kugel festhielt, wenn die andere krockiert werden sollte, die gefällig gerundeten Arme, wenn sie mit ihrem Schläger im Halbkreis ausholte, die freudige Erregung ihres leicht nach unten geneigten hübschen Gesichts, ihre sich herrlich wiegende Taille, all das war wunderbar anzuschauen! Und doch sah Aristobulus Ursiclos nichts davon.

Man wird verstehen, dass er wütend war, der junge Gelehrte. Tatsächlich hatten die Brüder Melvill einen Vor-

sprung, der wohl nur schwer einzuholen war. Und doch bietet das Krocketspiel so überraschende Zufälle, dass man die Hoffnung auf den Sieg nie aufgeben darf.

Unter diesen ungleichen Umständen verlief also die Partie, als sich ein Zwischenfall ereignete.

Aristobulus Ursiclos fand endlich Gelegenheit, die Kugel von Bruder Sam zu rochieren, die eben ein weiteres Mal durch das Mitteltor gegangen war, vor dem er selbst einfach nicht weiterkam. Restlos verärgert, wenn auch bemüht, vor dem Publikum die Ruhe zu bewahren, wollte er einen meisterlichen Schlag vollführen und es seinem Gegner heimzahlen, indem er ihn ins Aus schickte. Er legte also seine Kugel neben die von Bruder Sam, er stellte ihre Berührung sicher, indem er mit größter Sorgfalt das Gras feststampfte, er setzte den linken Fuß darauf, und nahezu in einem vollen Kreis ausholend, um dem Schlag mehr Kraft zu geben, ließ er seinen Schläger niedersausen.

Was für ein Schrei ihm entfuhr – ein regelrechtes Schmerzensgeheul! Der schlecht geführte Schläger hatte nicht die Kugel, sondern den Fuß des Tölpels getroffen, und nun hüpfte er auf einem Bein und gab sehr nachvollziehbare, aber doch etwas lächerliche Klagelaute von sich.

Die Brüder Melvill eilten zu ihm. Glücklicherweise hatte das Leder seines Schnürstiefels die Wucht des Schlages gemildert, die Prellung war nicht schwer. Doch Aristobulus Ursiclos glaubte sein Missgeschick folgendermaßen erklären zu müssen:

– Der durch den Schläger gebildete Radius, erläuterte er, nicht ohne schmerzhaft das Gesicht zu verziehen, hat einen konzentrischen Kreis beschrieben zu dem, der den Boden tangential hätte streifen müssen, weil ich diesen

Radius ein wenig zu kurz bemessen hatte. So hat dieser Schlag ...

– Sollen wir also das Spiel abbrechen, Sir?, fragte Miss Campbell.

– Das Spiel abbrechen!, rief Aristobulus Ursiclos. Uns geschlagen geben? Niemals! Nach den Formeln der Wahrscheinlichkeitsrechnung lässt sich feststellen, dass –

– Gut, spielen wir weiter!, unterbrach ihn Miss Campbell.

Doch alle Formeln der Wahrscheinlichkeitsrechnung hätten den Gegnern der beiden Onkel nur geringe Chancen gegeben. Bruder Sam war bereits *rover*, das heißt, seine Kugel hatte alle Tore passiert, er hatte den *besan* oder Startpflock berührt, und sein Spiel bestand nur noch darin, seinem Partner beizustehen, indem er nach Belieben alle Kugeln krockierte oder rochierte.

Tatsächlich war das Spiel nach ein paar Schlägen gewonnen, und die Brüder Melvill triumphierten, wenn auch, wie es sich für meisterliche Spieler gehört, in aller Bescheidenheit. Aristobulus Ursiclos dagegen war es trotz seiner Überheblichkeit nicht einmal gelungen, das Mitteltor zu durchqueren.

Offenbar wollte sich Miss Campbell nun sehr viel verärgerter zeigen, als sie es wirklich war, und sie versetzte ihrer Kugel mit dem Schläger einen gewaltigen Schlag, ohne genau auf die Richtung zu achten.

Die Kugel flog über die Grenze des kleinen Grabens Richtung Meer, prallte auf einen Kieselstein und schoss, ihr Gewicht multipliziert mit der Geschwindigkeit zum Quadrat, wie Aristobulus Ursiclos gesagt hätte, auf den Strand hinunter.

Ein unheilvoller Schlag!

Dort saß ein junger Künstler vor seiner Staffelei, im Begriff, eine Meeresansicht zu malen, begrenzt durch die Südspitze der Reede von Oban. Die Kugel knallte mitten auf die Leinwand, besudelte ihr Grün mit sämtlichen Farben der im Fluge gestreiften Palette und warf die Staffelei ein paar Schritte weiter zu Boden.

Der Maler drehte sich gelassen um und sagte:

– Für gewöhnlich wird gewarnt, bevor man ein Bombardement beginnt. Man lebt hier gefährlich!

Miss Campbell hatte den Unfall kommen sehen und war zum Strand gerannt:

– Oh, Sir, sagte sie zu dem jungen Künstler, bitte verzeihen Sie meine Ungeschicklichkeit!

Der junge Mann erhob sich und begrüßte lächelnd das schöne Mädchen, das sich da gerade ganz verlegen entschuldigt hatte …

Es war der »Schiffbrüchige« vom Corryvreckan!

Olivier Sinclair

Olivier Sinclair war ein *bonnie lad*, um den früher in Schottland gebräuchlichen Ausdruck für mutige, entschlossene, lebhafte Burschen zu verwenden; und dieser Ausdruck passte nicht nur zu seinem Wesen, sondern wohlgemerkt ebenso zu seinem Äußeren.

Dieser junge Athener aus dem Athen des Nordens war der letzte Spross einer ehrbaren Familie aus Edinburgh und der Sohn eines ehemaligen Stadtrats dieser Hauptstadt des Midlothian. Nachdem er als Waise bei seinem Onkel, einem der vier Amtsrichter der Stadtverwaltung, aufgewachsen war, hatte er erfolgreich studiert, und da er durch ein kleines Erbe immerhin unabhängig und außerdem neugierig war, die Welt zu sehen, bereiste er mit zwanzig Jahren die wichtigsten Staaten von Europa, Indien und Amerika, und die berühmte *Revue of Edinburgh* war bisweilen nicht abgeneigt, seine Reisenotizen zu veröffentlichen. Als ausgezeichneter Maler, der seine Werke, wenn er gewollt hätte, teuer hätte verkaufen können, als Gelegenheitsdichter – und wer wäre das nicht in einem Alter, da das Leben lächelnd vor einem liegt? –, als warmherziger Mensch, als Künstlernatur musste er gefallen, und er gefiel ohne Pose noch Eitelkeit.

In der Hauptstadt des alten Kaledoniens ist es für einen Mann nicht schwer, zu heiraten. Tatsächlich sind die beiden Geschlechter dort sehr ungleich verteilt, und das schwache ist dem stärkeren zahlenmäßig weit überlegen. Für einen gebildeten, liebenswürdigen, anständigen, gut aussehenden jungen Mann ist es also ein Leichtes, dort mehr als eine Erbin nach seinem Geschmack zu finden.

Indessen schien Olivier Sinclair mit sechsundzwanzig Jahren noch nicht das Bedürfnis nach einem Leben zu zweit verspürt zu haben. Kam ihm der Pfad seines Lebens zu schmal vor, um dort Seite an Seite zu wandeln? Nein, gewiss nicht, jedoch war er wohl lieber allein unterwegs und schlug nach Lust und Laune Seitenwege ein, entsprechend seinen Neigungen als Künstler und Reisender.

Dennoch war Olivier Sinclair wie geschaffen, bei der einen oder anderen blonden jungen Tochter Schottlands mehr als Sympathie zu wecken. Seine elegante Gestalt, seine offenen Züge, sein freimütiges Wesen, sein männliches Gesicht, die Grazie seiner Bewegungen, die Vornehmheit seiner Umgangsformen, seine klare und geistreiche Art zu sprechen, sein leichter Gang, sein lächelnder Blick, all das war wohl dazu angetan, zu bezaubern. Er war sich dessen kaum bewusst, da er nicht eingebildet war, oder dachte gar nicht darüber nach, da ihm der Sinn nicht danach stand, sich zu binden. Im Übrigen bot er nicht nur dem weiblichen Clan von Edinburgh Anlass zu solch schmeichelhaften Einschätzungen, sondern gefiel genauso seinen Jugendfreunden und seinen Kameraden von der Universität: Nach der netten gälischen Redensart gehörte er zu jenen, »die weder Freund noch Feind je den Rücken zukehren«.

Nun, man muss einräumen, dass er dennoch an jenem Tag im Moment des Angriffs Miss Campbell den Rücken zukehrte. Miss Campbell war allerdings weder seine Feindin noch seine Freundin. In dieser Position hatte er die vom Schläger des Mädchens so kraftvoll beförderte Kugel nicht kommen sehen können. Daher traf diese wie eine Granate mitten auf die Leinwand und ruinierte seine ganze Malerausrüstung.

Miss Campbell hatte auf den ersten Blick ihren »Helden« vom Corryvreckan erkannt, der Held aber mitnichten die junge Passagierin der *Glengarry*. Wenn überhaupt, hatte er Miss Campbell am Ende der Überfahrt von der Insel Scarba nach Oban nur flüchtig wahrgenommen. Hätte er erfahren, wie sehr sie persönlich an seiner Rettung beteiligt gewesen war, hätte er ihr gewiss schon aus Höflichkeit ausdrücklich gedankt, aber er wusste noch nichts davon und würde es wahrscheinlich nie erfahren.

Und tatsächlich, noch am selben Tag untersagte – anders kann man es nicht nennen –, untersagte Miss Campbell ihren Onkeln sowie Dame Bess und Partridge, diesem jungen Mann gegenüber auch nur anzudeuten, was sich vor der Rettung an Bord der *Glengarry* zugetragen hatte.

Unterdessen hatten die Brüder Melvill ihre Nichte nach dem Unfall mit der Kugel eingeholt und begannen nun, womöglich noch fassungsloser als sie, dem jungen Maler ihre eigenen Entschuldigungen vorzutragen, als dieser sie mit den Worten unterbrach:

– Miss ... Gentlemen ... ich bitte Sie ... das ist doch nicht der Rede wert!

– Sir ..., beharrte Bruder Sib. Nein, wir sind wirklich untröstlich ...

– Und wenn das Unglück, wie zu befürchten, nicht wiedergutzumachen ist ..., fügte Bruder Sam hinzu.

– Das ist nur eine Panne, keineswegs ein Unglück!, erwiderte lachend der junge Mann. Eine Kleckserei, sonst nichts, der durch diese rächende Kugel Gerechtigkeit widerfahren ist.

Olivier Sinclair sagte das so gut gelaunt, dass die Brüder Melvill ihm gerne ohne weitere Umstände die Hand gereicht hätten. Jedenfalls glaubten sie, sich gegenseitig vorstellen zu müssen, wie es sich unter Gentlemen gehört.

– Mister Samuel Melvill, sagte der eine.

– Mister Sebastian Melvill, sagte der andere.

– Und ihre Nichte, Miss Campbell, setzte Helena hinzu, die es nicht für unschicklich hielt, sich selbst vorzustellen.

Dies war für den jungen Mann die Aufforderung, seine Namen und Titel zu nennen.

– Miss Campbell, Gentlemen, sagte er mit größtem Ernst, ich könnte erwidern, dass ich »Fock« heiße, wie einer Ihrer Krocketpfähle, da ich von der Kugel getroffen wurde, aber ich heiße ganz einfach Olivier Sinclair.

– Mister Sinclair, erwiderte Miss Campbell, die nicht genau wusste, wie sie diese Antwort verstehen sollte, ich bitte Sie ein letztes Mal ausdrücklich um Verzeihung ...

– Und wir ebenso, fügten die Brüder Melvill hinzu.

– Miss Campbell, versetzte Olivier Sinclair, ich sage Ihnen nochmals, das ist doch nicht der Rede wert. Ich habe die Brandung zu malen versucht, und wahrscheinlich hat Ihre Kugel, wie der Schwamm, den irgendein Maler der Antike quer über sein Bild geworfen hat, erreicht, was mein Pinsel vergeblich darzustellen versuchte.

Dies wurde in so liebenswürdigem Ton gesagt, dass Miss

Campbell und die Brüder Melvill unwillkürlich lächeln mussten.

Die Leinwand, die Olivier Sinclair aufhob, war allerdings nicht mehr zu gebrauchen, und es hieß, von Neuem zu beginnen.

Aristobulus Ursiclos war wohlgemerkt nicht erschienen, um an diesem Austausch von Entschuldigungen und Höflichkeiten teilzunehmen.

Kaum war die Partie zu Ende, hatte sich der junge Gelehrte ins Hotel zurückgezogen, sehr beleidigt, weil er seine theoretischen Kenntnisse nicht mit seinen praktischen Fähigkeiten hatte in Einklang bringen können. Man sollte ihn sogar drei oder vier Tage lang nicht zu Gesicht bekommen, denn er fuhr auf die Insel Luing, eine der kleinen Hebriden, südlich der Insel Seil, deren reiche Schieferbrüche er unter geologischen Gesichtspunkten untersuchen wollte.

Die Unterhaltung konnte also nicht durch die Erklärungen gestört werden, die er unweigerlich zur Flugbahn oder zu anderen den Unfall betreffenden Fragen abgegeben hätte.

Olivier Sinclair erfuhr nun, dass er den Gästen des Caledonian Hotels nicht ganz unbekannt war, und er wurde über die einzelnen Begebenheiten der Überfahrt unterrichtet.

– Wie denn, Miss Campbell und Sie, Gentlemen, rief er, Sie waren an Bord der *Glengarry*, die mich gerade noch rechtzeitig herausgefischt hat?

– Ja, Mister Sinclair.

– Und Sie haben uns einen ordentlichen Schrecken eingejagt, setzte Bruder Sib hinzu, als wir durch den größten

Zufall Ihr in die Strudel des Corryvreckan geratenes Boot entdeckten!

– Eine himmlische Fügung, bemerkte Bruder Sam, und sehr wahrscheinlich wäre ohne das Eintreten von …

Hier gab Miss Campbell durch ein Zeichen zu verstehen, dass sie keinesfalls als Retterin hingestellt werden wollte. Die Rolle der heiligen Jungfrau der Schiffbrüchigen wollte sie um keinen Preis zugesprochen bekommen.

– Aber, Mister Sinclair, begann Bruder Sam von Neuem, wie konnte dieser alte Fischer, der Sie begleitet hat, so unvorsichtig sein, sich in diese Strömungen zu wagen …

– … deren Gefahren er sehr wohl kennen wird, da er von hier stammt?, fügte Bruder Sib hinzu.

– Ihm darf man nicht die Schuld geben, Gentlemen, entgegnete Olivier Sinclair. Die Fahrlässigkeit liegt bei mir, bei mir allein, und für einen Augenblick glaubte ich, dass ich mir den Tod dieses guten Mannes vorzuwerfen hätte! Doch es gab so erstaunliche Farben an der Oberfläche dieser Strudel, wo das Meer aussieht wie eine gewaltige Spitzendecke über blauer Seide! So war ich, ohne mich weiter zu sorgen, unterwegs auf der Suche nach neuen Farbtönen in diesem gleißend hellen Schaum. Und ich fuhr weiter, immer weiter! Mein alter Fischer erkannte sehr wohl die Gefahr, er machte mir Vorhaltungen, er wollte in Richtung der Insel Jura zurückfahren, aber ich hörte nicht auf ihn, sodass unser Boot schließlich von einer Strömung erfasst und dann unaufhaltsam in Richtung des Mahlstroms gezogen wurde! Wir wollten uns gegen diesen Sog behaupten … Ein großer Brecher verletzte meinen Gefährten, der mir nicht mehr beistehen konnte, und ohne das Eintreffen der *Glengarry*, ohne den schonungslosen Einsatz ihres Kapitäns, ohne das Mitgefühl ihrer Passagiere wären mein Seemann und ich zur Legende geworden und stünden jetzt auf der Totenliste des Corryvreckan!

Miss Campbell lauschte, ohne ein Wort zu sagen, und schaute mit ihren schönen Augen bisweilen auf zu dem jungen Mann, der sie mit Blicken zu verschonen suchte. Sie musste unwillkürlich lächeln, als er über seine Jagd oder vielmehr seinen Fischzug nach Meeresfarben sprach. War sie nicht auch auf der Suche nach einem solchen Abenteuer, einem gleichwohl etwas weniger gefährlichen, der Jagd nach Himmelsfarben, der Jagd nach dem grünen Blitz?

Die Brüder Melvill aber konnten sich nicht beherrschen, sie mussten darüber sprechen und erzählen, aus welchem Anlass sie nach Oban gekommen waren, nämlich zur Beobachtung eines physikalischen Phänomens, dessen Natur sie dem jungen Maler erläuterten.

– Der grüne Blitz!, rief Olivier Sinclair.

– Haben Sie ihn schon gesehen, Sir?, fragte das junge Mädchen lebhaft, haben Sie ihn etwa schon gesehen?

– Nein, Miss Campbell, erwiderte Olivier Sinclair. Wenn ich doch nur gewusst hätte, dass es irgendwo einen grünen Blitz gibt! Nein, wahrhaftig! Nun, auch ich möchte ihn sehen! Die Sonne wird nicht mehr hinter dem Horizont verschwinden, ohne mich zum Zeugen ihres Untergangs zu haben. Und, beim heiligen Dunstan, ich werde stets nur noch mit dem Grün ihres letzten Strahls malen!

Es war schwer zu erkennen, ob Olivier Sinclair in einem Anflug von Ironie sprach oder ob er sich von der künstlerischen Seite seines Wesens mitreißen ließ. Gleichwohl sagte Miss Campbell ein gewisses Vorgefühl, dass der junge Mann nicht scherzte.

– Mister Sinclair, fuhr sie fort, der grüne Blitz ist nicht mein Eigentum! Er leuchtet für jedermann! Er verliert nichts von seinem Wert, wenn er sich mehreren Neugierigen zugleich zeigt! Wir können also, wenn Sie wollen, versuchen, ihn gemeinsam zu sehen.

– Sehr gerne, Miss Campbell.

– Aber man braucht viel Geduld dazu.

– Die werden wir haben ...

– Und man darf nicht fürchten, geblendet zu werden, sagte Bruder Sam.

– Für den grünen Blitz kann man das wohl riskieren, erwiderte Olivier Sinclair, und ich werde Oban nicht verlassen, ohne ihn gesehen zu haben, das verspreche ich Ihnen.

– Einmal, sagte Miss Campbell, sind wir schon zur Insel Seil gefahren, um diesen Blitz zu beobachten, doch gerade in dem Augenblick, als die Sonne unterging, kam eine kleine Wolke und verschleierte den Horizont.

– Was für ein Pech!

– Großes Pech, Mister Sinclair, denn seit diesem Tag haben wir keinen ausreichend klaren Himmel mehr gesehen.

– Das ergibt sich wieder, Miss Campbell! Der Sommer hat sein letztes Wort noch nicht gesprochen, und glauben Sie mir, noch vor der Rückkehr der kalten Jahreszeit wird uns die Sonne so gnädig gewesen sein, uns den grünen Blitz zu schenken.

– Um die Wahrheit zu sagen, Mister Sinclair, wir hätten ihn am Abend des 2. August genau am Horizont der Meerenge des Corryvreckan gesehen, wären wir nicht von einer gewissen Rettung abgelenkt gewesen ...

– Wie denn, Miss Campbell, erwiderte Olivier Sinclair, ich hätte also mit meiner Dummheit Ihre Blicke von einem solchen Moment abgelenkt? Meine Fahrlässigkeit sollte Sie den grünen Blitz gekostet haben? Also bin ich es, der Sie um Verzeihung bitten muss, und ich möchte Ihnen sagen, wie sehr ich mein ungelegenes Auftauchen bedauere! Das soll mir nicht mehr passieren!

Und so plauderte man von diesem und jenem, während man den Weg zum Caledonian Hotel einschlug, wo Olivier Sinclair nach der Rückkehr von einem Ausflug in die Gegend von Dalmally am Vorabend abgestiegen war. Der junge Mann, dessen offene Art und ansteckende Heiterkeit den beiden Brüdern keineswegs missfiel – ganz im Gegenteil –, kam auf Edinburgh und seinen Onkel, Amtsrichter Patrick Oldimer, zu sprechen. Es stellte sich heraus, dass die Brüder Melvill ein paar Jahre lang mit diesem verkehrt hatten. Zwischen beiden Familien waren damals gesellschaftliche Beziehungen entstanden, die nur durch die Entfernung unterbrochen worden waren. Man war also bestens bekannt. So wurde Olivier Sinclair gebeten, die Bekanntschaft mit den Melvills wiederaufleben zu lassen, und da er keinerlei Grund hatte, sein Künstlerzelt andernorts als in Oban aufzuschlagen, erklärte er sich mehr denn je entschlossen, dazubleiben, um an der Suche nach dem berühmten Blitz teilzunehmen.

Miss Campbell, die Brüder Melvill und er trafen sich also an den folgenden Tagen häufig an den Stränden von Oban. Sie beobachteten gemeinsam, ob sich ein Wetterumschwung abzeichnete. Zehn Mal am Tag befragten sie das Barometer, das eine gewisse Neigung zum Anstieg verriet. Und tatsächlich, am Morgen des 14. August stieg das liebenswürdige Instrument über dreißig Zoll, sieben Zehntel.

Mit welcher Genugtuung Olivier Sinclair an diesem Tag

Miss Campbell die gute Nachricht brachte! Ein Himmel so klar wie die Augen der Madonna! Ein Azur, der nach und nach vom Indigo ins Ultramarin verlief! Nicht ein Hauch von Luftfeuchtigkeit! Die Aussicht auf einen prachtvollen Abend und einen Sonnenuntergang, der die Astronomen einer Sternwarte in Verzückung versetzt hätte!

– Wenn wir beim Sonnenuntergang nicht unseren Blitz sehen, sagte Olivier Sinclair, dann, weil wir blind geworden sind!

– Liebe Onkel, rief Miss Campbell, hört ihr wohl, heute Abend ist es so weit!

Man beschloss also, vor dem Dinner zur Insel Seil zu fahren. Und so geschah es, kaum war es fünf.

Über die malerische Straße nach Clachan trug die Kalesche eine strahlende Miss Campbell, einen Olivier Sinclair mit leuchtenden Augen und die Brüder Melvill, die an diesem Strahlen und Leuchten ihre Freude hatten. Man hätte wirklich meinen können, sie führten auf ihrer Kutschbank die Sonne mit und die vier Pferde der schnellen Equipage seien die Hippogryphen des Wagens von Apoll, dem Sonnengott!

Auf der Insel Seil angelangt, standen die im Voraus begeisterten Beobachter vor einem Horizont, dessen Linie von keinerlei Hindernis unterbrochen wurde. Sie setzten sich ans äußerste Ende eines schmalen Kaps, das zwischen zwei kleinen Buchten lag und eine Meile ins Meer hinausragte. Nichts konnte im Westen die Aussicht auf ein Viertel des Horizonts stören.

– Nun werden wir ihn endlich zu Gesicht bekommen, diesen launischen Blitz, der sich so widerwillig sehen lässt, sagte Olivier Sinclair.

– Ich glaube es wohl, erwiderte Bruder Sam.

– Ich bin ganz sicher, fügte Bruder Sib hinzu.

– Und ich, ich hoffe es, sagte Miss Campbell, während sie auf das einsam daliegende Meer und den makellosen Himmel schaute.

Tatsächlich deutete alles darauf hin, dass sich das Phänomen bei Sonnenuntergang in all seiner Pracht zeigen würde.

Schon war das auf schräger Bahn sinkende Leuchtgestirn dicht über dem Horizont. Seine rote Scheibe überzog den Himmel im Hintergrund mit einer einzigen Farbe und warf eine lange gleißende Spur über die stillen Wasser der offenen See.

Stumm und leicht bewegt vor diesem Ausklang eines schönen Tages, beobachteten alle in Erwartung der Himmelserscheinung die Sonne, die gleich einem riesigen Meteor nach und nach versank. Plötzlich schrie Miss Campbell unwillkürlich auf. Es folgte ein banger Ausruf, den weder die Brüder Melvill noch Olivier Sinclair unterdrücken konnten.

Von der geduckt vor Seil liegenden kleinen Insel Easdale legte ein Boot ab und glitt langsam gen Westen. Sein wie ein Schirm aufgespanntes Segel überragte den Horizont. Stünde es also vor der Sonne, gerade wenn sie in den Fluten verlöschen würde?

Das war eine Frage von Sekunden. Um umzukehren, zur einen oder anderen Seite zu laufen, eine passende neue Stelle zu finden, war keine Zeit mehr; das schmale Kap bot keine Möglichkeit, weit genug auszuweichen, um wieder in die Sichtachse der Sonne zu gelangen.

Verzweifelt über diesen Zwischenfall, lief Miss Campbell

auf den Klippen hin und her. Olivier Sinclair gestikulierte wild und rief dem Boot zu, es möge sein Segel streichen.

Vergebliche Mühe! Man sah ihn nicht, man konnte ihn nicht hören. In einer leichten Brise segelte das Boot mit steigender Flut weiter gen Westen.

Gerade als der obere Rand der Sonnenscheibe im Begriff war, zu verschwinden, schob sich das Segel davor und verbarg sie hinter seinem undurchsichtigen Trapez.

Welche Enttäuschung! Dieses Mal war der grüne Blitz in der Tiefe des wolkenlosen Horizonts aufgeflammt, aber er war auf das Segel gestoßen, bevor er das Kap erreicht hatte, wo so viele Blicke sehnsüchtig auf ihn lauerten.

Miss Campbell, Olivier Sinclair und die Brüder Melvill standen, restlos enttäuscht, vielleicht aufgebrachter als diesem unglücklichen Zufall gemäß, wie versteinert da und dachten, das Boot und seine Besatzung verwünschend, nicht einmal daran zu gehen.

Indessen hatte das Boot in einer kleinen Bucht gerade unterhalb des Kaps angelegt.

In diesem Augenblick stieg ein Passagier aus und ließ die beiden Seeleute, die ihn auf offener See von der Insel Luing herübergebracht hatten, an Bord zurück; dann ging er am Strand entlang und erklomm die ersten Klippen, um die Spitze des Kaps zu erreichen.

Offenbar hatte dieser Störenfried die auf dem Felsplateau stehende Gruppe von Beobachtern erkannt, denn er winkte ihnen mit einer gewissen Vertraulichkeit zu.

– Mister Ursiclos!, rief Miss Campbell.

– Der! Der war es!, fielen die beiden Brüder ein.

– Wer mag dieser Herr sein?, fragte sich Olivier Sinclair.

Es war wirklich Aristobulus Ursiclos in Person, der von

seiner mehrtägigen wissenschaftlichen Exkursion auf die Insel Luing zurückkehrte.

Wie er empfangen wurde von denen, die er gerade bei der Erfüllung ihres sehnlichsten Wunsches gestört hatte, braucht nicht weiter ausgeführt zu werden.

Bruder Sam und Bruder Sib vergaßen alle Konventionen und dachten nicht einmal daran, Olivier Sinclair und Aristobulus Ursiclos einander vorzustellen. Angesichts von Helenas Ärger senkten sie den Blick, um den Kandidaten ihrer Wahl nicht ansehen zu müssen.

Die kleinen Hände zu Fäusten geballt, die Arme vor der Brust verschränkt, die Augen blitzend, schaute Miss Campbell ihn wortlos an. Dann platzte sie schließlich heraus:

– Mister Ursiclos, Sie hätten besser daran getan, nicht gerade im falschen Moment zu erscheinen!

Neue Pläne

Die Rückfahrt nach Oban verlief unter sehr viel weniger angenehmen Bedingungen als die Hinfahrt nach Seil. Man hatte geglaubt, zu einem Erfolg aufzubrechen, und kehrte mit einer Niederlage zurück.

Wenn Miss Campbells Enttäuschung durch irgendetwas gemildert werden konnte, dann dadurch, dass Aristobulus Ursiclos der Anlass war. Sie hatte das Recht, ihn abzukanzeln, diesen hochgradig Schuldigen, und ihn mit Verwünschungen zu überschütten. Sie machte ausgiebig davon Gebrauch. Den Brüdern Melvill wäre es schlecht bekommen, wenn sie versucht hätten, ihn zu verteidigen. Nein! Was musste auch das Boot dieses Tölpels, mit dem man am wenigsten gerechnet hätte, gerade auftauchen, als die Sonne ihren letzten Strahl sandte. So etwas ist unverzeihlich.

Es versteht sich von selbst, dass Aristobulus Ursiclos, der sich auch noch erlaubt hatte, sich zu seiner Entschuldigung über den grünen Blitz lustig zu machen, nach diesem heftigen Verweis wieder in sein Boot gestiegen war, um nach Oban zurückzusegeln. Das war nicht unklug gewesen, denn wahrscheinlich hätte man ihm keinen Platz in der Kutsche angeboten, nicht einmal auf dem Rücksitz.

So hatte also der Sonnenuntergang schon zweimal unter

Bedingungen stattgefunden, bei denen es möglich gewesen wäre, das Phänomen zu beobachten, und zweimal hatte sich das sehnsuchtsvolle Auge von Miss Campbell umsonst den rot glühenden Liebkosungen des Gestirns ausgesetzt, die ihr für Stunden den Blick trübten! Zuerst die Rettung von Olivier Sinclair, dann die Fahrt von Aristobulus Ursiclos, beide hatten Gelegenheiten zunichtegemacht, die sich vielleicht lange nicht wieder bieten würden! In den beiden Fällen waren die Umstände allerdings nicht die gleichen gewesen, und sosehr Miss Campbell den einen entschuldigte, so vernichtend dachte sie über den anderen. Und wer hätte ihr Parteilichkeit vorwerfen können?

Am nächsten Tag spazierte Olivier Sinclair ziemlich nachdenklich über die Strände von Oban.

Wer war nur dieser Mister Aristobulus Ursiclos? Ein Verwandter von Miss Campbell und den Brüdern Melvill oder einfach ein Freund? Zumindest ein vertrauter Gast des Hauses, das zeigte allein die Art, mit der Miss Campbell sich erlaubt hatte, ihm seine Ungeschicklichkeit vorzuwerfen. Nun, was ging ihn, Olivier Sinclair, das an? Wenn er wissen wollte, woran er war, brauchte er nur Bruder Sam oder Bruder Sib zu fragen ... Und genau das verbot er sich, tat es keinesfalls.

An Gelegenheiten fehlte es ihm indessen nicht. Jeden Tag begegnete Olivier Sinclair den Brüdern Melvill, die bald zu zweit spazieren gingen – wer hätte sich rühmen können, je einen ohne den anderen gesehen zu haben? –, bald ihre Nichte an den Strand begleiteten. Man plauderte über tausend Dinge und vor allem über das Wetter – was unter den gegebenen Umständen keineswegs bedeutete, Nichtssagendes zu reden. Würde man je wieder einen dieser kla-

HILDI

ren Abende erleben, auf deren Rückkehr man lauerte, um noch einmal zur Insel Seil zu fahren? Es stand zu bezweifeln. Tatsächlich war das Wetter seit jenen beiden wunderbaren Aufheiterungen vom 2. und vom 14. August unbeständig, der Himmel war voller Gewitterwolken, der Horizont wurde von Wetterleuchten durchzuckt, abends fiel Nieselregen – all das hätte einen am Objektiv seines Fernrohrs hängenden Astronomiestudenten, der noch einmal ein Eckchen der Sternkarte durchgehen wollte, zur Verzweiflung gebracht!

Warum sollte verschwiegen werden, dass der junge Maler sich jetzt ebenso leidenschaftlich für den grünen Blitz begeisterte wie Miss Campbell? Zusammen mit dem schönen jungen Mädchen war er auf dieses Steckenpferd gestiegen. Mit ihr streifte er über die Felder des Himmelsraums. Mit dem gleichen Eifer, um nicht zu sagen, mit der gleichen Ungeduld wie seine junge Begleiterin jagte er dieser Laune nach. Oh, er war kein Aristobulus Ursiclos, der sich in den Vorstellungen der höheren Wissenschaft verloren und für ein einfaches optisches Phänomen nur Verachtung übrig hatte! Olivier Sinclair und Miss Campbell verstanden sich, und beide wollten sie zu den wenigen Auserwählten gehören, denen der grüne Blitz die Ehre seines Erscheinens erwies!

– Wir werden ihn sehen, Miss Campbell, sagte Olivier Sinclair immer wieder, wir werden ihn sehen, und wenn ich ihn selbst zünden müsste! Genau genommen ist es meine Schuld, dass er Ihnen beim ersten Mal entgangen ist, und ich bin ebenso schuldig wie dieser Mister Ursiclos ... Ein Verwandter von Ihnen, nehme ich an?

– Nein ... mein Verlobter ... wie es scheint ..., erwiderte an jenem Tag Miss Campbell und eilte von dannen, um ihre Onkel einzuholen, die sich weiter vorne eine Prise genehmigten.

Ihr Verlobter! Sonderbar war die Wirkung dieser schlichten Antwort auf Olivier Sinclair und vor allem die des Tons, in dem sie geäußert wurde! Warum sollte dieser junge Besserwisser auch kein Verlobter sein? Zumindest erklärte das seine Anwesenheit in Oban. Aus dem Umstand, dass er ziemlich schlecht beraten war, sich zwischen die untergehende Sonne und Miss Campbell zu stellen, folgte ja nicht ... Was folgte nicht daraus? Olivier Sinclair wäre vielleicht in großer Verlegenheit gewesen, hätte er es aussprechen sollen.

Nach zweitägiger Abwesenheit war Aristobulus Ursiclos im Übrigen wiederaufgetaucht. Olivier Sinclair sah ihn mehrmals in Gesellschaft der Brüder Melvill, die ihm nicht böse sein konnten. Er schien mit ihnen auf bestem Fuße zu stehen. Der junge Wissenschaftler und der junge Künstler waren sich ebenfalls wiederholt am Strand oder in den Salons des Caledonian Hotels begegnet. Die Onkel hatten gemeint, sie einander vorstellen zu müssen.

– Mister Aristobulus Ursiclos aus Dumfries! Mister Olivier Sinclair aus Edinburgh!

Dies hatte die beiden jungen Männer einen dürftigen Gruß gekostet, ein schlichtes Neigen des Kopfes, bei dem der allzu aufrechte Körper keineswegs beteiligt war. Offensichtlich würden sich diese beiden Charaktere niemals sympathisch sein. Der eine stürmte den Himmel, um die Sterne herabzuholen, der andere, um dessen Elemente zu berechnen; der eine wollte als Künstler erst gar nicht auf ein Podest gehoben werden, der andere baute sich als Gelehrter aus der Wissenschaft einen Sockel und posierte darauf.

Miss Campbell aber zeigte Aristobulus Ursiclos gänzlich die kalte Schulter. Wenn er da war, schien sie seine Anwesenheit nicht mehr wahrzunehmen; kam er vorüber, wandte sie sich sichtbar ab. Mit einem Wort, wie schon weiter oben erklärt, sie schnitt ihn mit der ganzen Schärfe britischer Förmlichkeit. Die Brüder Melvill hatten einige Mühe, die Scherben aufzulesen. Wie auch immer, ihrer Meinung nach würde alles ins Lot kommen, vor allem, wenn dieser launische Blitz endlich einmal erscheinen wollte.

Inzwischen sah sich Aristobulus Ursiclos über seinen Brillenrand hinweg Olivier Sinclair an – ein bekanntes Kunststück aller Kurzsichtigen, die verstohlen etwas in Augenschein nehmen wollen. Und was er sah – die Aufmerksamkeiten des jungen Mannes für Miss Campbell, der liebenswürdige Empfang, den ihm das junge Mädchen bei jeder Gelegenheit bereitete –, war sicher nicht dazu angetan, ihm zu gefallen. Doch da er von sich selbst überzeugt war, wartete er ab.

Bei diesem unbeständigen Himmel, bei diesem Barometer, dessen schwankende Nadel sich nicht festlegen konnte, sahen unterdessen alle ihre Geduld auf eine recht lange Probe gestellt. In der Hoffnung, einen unverhüllten Horizont zu finden, und sei es auch nur für einige Augenblicke bei Sonnenuntergang, unternahm man noch zwei oder drei Ausflüge nach Seil, an denen teilzunehmen Aristobulus Ursiclos nicht nötig schien. Wozu die Mühe! Der 23. August kam, ohne dass das Phänomen aufzutauchen geruht hätte.

Schließlich wurde diese Laune zu einer fixen Idee, die keiner anderen mehr Raum ließ. Sie wurde zu einer Zwangsvorstellung. Man träumte Tag und Nacht davon, sodass schon eine neue Manie zu befürchten stand – in einer

Zeit, in der sie ja nicht mehr zu zählen sind. In dieser geistigen Anspannung wurden alle Farben zu einer einzigen: Der blaue Himmel war grün, die Straßen waren grün, die Strände waren grün, die Klippen waren grün, das Wasser und der Wein waren grün wie Absinth. Die Brüder Melvill bildeten sich ein, grün angezogen zu sein, und hielten sich für zwei große Papageien, die aus einer grünen Tabaksdose grünen Tabak schnupften. Kurz, man war verrückt nach Grün! Alle waren von einer Art Farbenblindheit betroffen, und die Professoren für Augenheilkunde hätten darüber in ihren Fachzeitschriften etliche interessante Aufsätze veröffentlichen können. So konnte es nicht weitergehen.

Glücklicherweise kam Olivier Sinclair ein Gedanke.

– Miss Campbell, sagte er an jenem Tag, und Sie, Gentlemen, mir scheint, wir sind, genauer betrachtet, in Oban äußerst schlecht untergebracht, um das fragliche Phänomen zu beobachten.

– Wer daran wohl schuld ist?, versetzte Miss Campbell und sah direkt auf die beiden Schuldigen, die den Kopf senkten.

– Hier gibt es keinen Meereshorizont, fuhr der junge Maler fort. Daher die Notwendigkeit, bis zur Insel Seil danach zu suchen, mit dem Risiko, im entscheidenden Moment nicht am Platz zu sein.

– Das liegt auf der Hand, erwiderte Miss Campbell. Ich weiß tatsächlich nicht, warum meine Onkel ausgerechnet diesen grässlichen Ort für unser Experiment ausgewählt haben!

– Liebe Helena, antwortete Bruder Sam, der nicht recht wusste, was er sagen sollte. Wir dachten ...

– Ja … wir dachten … eben gerade …, ergänzte Bruder Sib, um ihm zu Hilfe zu kommen.

– … dass die Sonne so freundlich wäre, jeden Abend am Horizont von Oban unterzugehen …

– … da Oban doch am Meer liegt!

– Und ihr habt falsch gedacht, liebe Onkel, erwiderte Miss Campbell, ganz falsch gedacht, da sie dort nicht untergeht!

– In der Tat, sagte Bruder Sam. Da sind diese unseligen Inseln, die uns den Blick auf das offene Meer versperren!

– Ihr habt doch sicher nicht die Absicht, sie in die Luft zu jagen …, erkundigte sich Miss Campbell.

– Das wäre bereits geschehen, wenn es möglich wäre, entgegnete Bruder Sib entschlossen.

– Wir können aber doch nicht auf der Insel Seil übernachten!, wandte Bruder Sam ein.

– Und warum nicht?

– Liebe Helena, wenn du unbedingt willst …

– Unbedingt.

– Dann lasst uns aufbrechen!, erwiderten Bruder Sib und Bruder Sam resigniert.

Und die beiden so unterwürfigen Naturen erklärten sich bereit, Oban unverzüglich zu verlassen.

Olivier Sinclair meldete sich zu Wort.

– Miss Campbell, sagte er, wenn es Ihnen recht wäre, gäbe es, glaube ich, Besseres, als sich auf der Insel Seil niederzulassen.

– Reden Sie, Mister Sinclair, und wenn Sie einen besseren Rat wissen, werden meine Onkel ihm nur zu gerne folgen!

Die Brüder Melvill verneigten sich derart gleichermaßen

automatisch, dass sie sich vielleicht nie ähnlicher gewesen waren.

– Die Insel Seil, fuhr Olivier Sinclair fort, eignet sich wirklich nicht zu einem Aufenthalt, und sei es auch nur für ein paar Tage. Wenn Sie sich in Geduld fassen müssen, Miss Campbell, dann muss das nicht auf Kosten Ihres Wohlbefindens gehen. Ich habe im Übrigen bemerkt, dass auf Seil die Aussicht auf das Meer durch die Küstenformation ziemlich eingeschränkt ist. Wenn wir Pech haben und länger warten müssen als angenommen, wenn unser Aufenthalt sich dort um ein paar Wochen verlängern sollte, könnte es passieren, dass die Sonne, die sich jetzt immer weiter nach Westen zurückzieht, schließlich hinter der Insel Colonsay oder Oronsay oder gar hinter der großen Insel Islay untergeht, und wir hätten unsere Beobachtung mangels eines ausreichend großen Horizonts immer noch nicht gemacht.

– Das, erwiderte Miss Campbell, wäre tatsächlich das schlimmste Pech, das uns treffen könnte …

– … und das wir vielleicht vermeiden können, indem wir weiter außerhalb dieses Archipels der Hebriden einen Badeort suchen, vor dem sich der Atlantik in seiner ganzen Unendlichkeit ausbreitet.

– Kennen Sie da vielleicht einen, Mister Sinclair?, fragte Miss Campbell lebhaft.

Die Brüder Melvill hingen an den Lippen des jungen Mannes. Was würde er antworten? Wohin zum Teufel würde die Laune ihrer Nichte sie schließlich verschlagen? An welchem äußersten Ende der Landmassen der Alten Welt müssten sie sich niederlassen, um ihren Wunsch zu erfüllen?

Olivier Sinclairs Antwort beruhigte sie erst einmal.

– Miss Campbell, sagte er, nicht weit von hier gibt es einen Badeort, der mir alle günstigen Bedingungen zu bieten scheint. Er liegt hinter den Höhen von Mull, die westlich von Oban den Horizont verdecken. Es ist eine der am weitesten draußen im Atlantik liegenden kleinen Hebriden, die zauberhafte Insel Iona.

– Iona!, rief Miss Campbell, Iona, liebe Onkel! Und wir sind noch nicht dort?

– Wir werden morgen dort sein, erwiderte Bruder Sib.

– Morgen, noch vor Sonnenuntergang, fügte Bruder Sam hinzu.

– Brechen wir also auf, fuhr Miss Campbell fort, und wenn wir auf Iona keine weitgehend offene Aussicht finden, dann, sollt ihr wissen, liebe Onkel, suchen wir nach einem anderen Punkt der Küste, von John o' Groats im äußersten Norden von Schottland bis nach Land's End an der Südspitze von England, und wenn das noch nicht reicht …

– Ganz einfach, erwiderte Olivier Sinclair, dann reisen wir um die ganze Welt!

Die Herrlichkeiten des Meeres

Ganz offensichtlich verzweifelt, als er von der Entscheidung seiner Gäste hörte, war der Wirt des Caledonian Hotels. Wie gern hätte MacFyne, wenn es ihm nur möglich gewesen wäre, all diese kleinen Inseln, welche Oban die Aussicht auf das Meer nehmen, in die Luft gehen lassen. Sobald die Familie abgereist war, tröstete er sich im Übrigen, indem er ausdrücklich bedauerte, eine solche Familie von Wahnsinnigen beherbergt zu haben.

Um acht Uhr morgens gingen die Brüder Melvill, Miss Campbell, Dame Bess und Partridge an Bord des »Swift Steamer *Pioneer*« – wie es in den Prospekten hieß –, der mit Zwischenhalt in Iona und Staffa die Insel Mull umrundet und dann am selben Abend nach Oban zurückkehrt.

Olivier Sinclair war seinen Reisegefährten an den Landungsbrücken der Mole vorausgeeilt, und er erwartete sie auf der vom einen Radkasten zum anderen gespannten Kommandobrücke des Dampfers.

Von Aristobulus Ursiclos war bei dieser Reise nicht die Rede. Die Brüder Melvill hatten jedoch geglaubt, ihm die überstürzte Abreise mitteilen zu müssen. Die reine Höflichkeit erforderte diesen Schritt, und sie waren die höflichsten Leute der Welt.

Aristobulus Ursiclos hatte die Mitteilung der beiden Onkel ziemlich kühl entgegengenommen und sich einfach damit begnügt, ihnen zu danken, ohne etwas über seine Pläne zu sagen.

Die Brüder Melvill hatten also den Rückzug angetreten und sich immer wieder gesagt, wenn ihr Schützling auch äußerst reserviert war und Miss Campbell eine gewisse Abneigung gegen ihn entwickelt hatte, werde das alles nach einem schönen Herbstabend, nach einem jener schönen Sonnenuntergänge, mit denen die Insel Iona nicht geizen würde, vergehen. Das war zumindest ihre Meinung.

Als alle Passagiere an Bord waren, wurden beim dritten Rülpsen der Dampfpfeife die Leinen gelöst, und die *Pioneer* legte ab, um die Bucht zu verlassen und im Süden Kurs auf die Meerenge von Kerrera zu nehmen.

Auch diesmal hatte die zauberhafte zwölfstündige Rundfahrt um die Insel Mull, die zwei- oder dreimal wöchentlich stattfand, eine gewisse Zahl von Touristen angezogen; Miss Campbell und ihre Gefährten mussten sie jedoch beim ersten Zwischenhalt im Stich lassen.

Sie konnten es tatsächlich kaum erwarten, auf Iona zu landen, diesem neuen Feld ihrer Beobachtungen. Das Wetter war prachtvoll, das Meer ruhig wie ein See. Die Überfahrt würde schön sein. Wenn dieser Abend nicht die Verwirklichung ihres Wunsches brächte, nun ja, dann würden sie, nachdem sie sich auf der Insel niedergelassen hatten, geduldig warten. Dort wäre zumindest der Vorhang geöffnet und die Bühne stets vor Ort. Einen spielfreien Tag gäbe es nur bei schlechtem Wetter.

Kurz, das Reiseziel wäre noch vor zwölf Uhr mittags erreicht. Die schnelle *Pioneer* dampfte die Meerenge von Ker-

rera hinunter, umrundete die Südspitze der Insel, rauschte durch die Erweiterung des Firth of Lorn, ließ zur Linken Colonsay und sein im vierzehnten Jahrhundert von den berühmten Lords der Insel gegründetes altes Kloster hinter sich und folgte der Südküste der Insel Mull, die mitten im Meer liegt wie eine riesige gestrandete Krabbe, deren innere Zange leicht nach Südwesten gebogen ist. Für einen Augenblick zeigte sich der Ben More mit einer Höhe von dreitausendfünfhundert Fuß über rauen und steilen fernen Hügeln, deren natürliches Gewand das Heidekraut bildet, und sein runder Gipfel überragte die von Wiederkäuern gesprenkelten Weideflächen, die jäh unterbrochen werden durch die Landzunge von Ardanalish mit ihrem mächtigen Felsmassiv.

Nun wurde im Nordwesten, fast am äußersten Ende der südlichen Zangenspitze von Mull, das malerische Iona sichtbar. Jenseits davon erstreckte sich, gewaltig, unendlich, der Atlantik.

– Sie lieben den Ozean, Mister Sinclair?, fragte Miss Campbell ihren jungen Gefährten, der, neben ihr auf der Brücke der *Pioneer* sitzend, dieses schöne Schauspiel betrachtete.

– Und ob ich ihn liebe, Miss Campbell!, erwiderte er. Ja, und ich gehöre nicht zu jenen Unwürdigen, die seinen Anblick eintönig finden. In meinen Augen gibt es nichts Abwechslungsreicheres als sein Bild, aber man muss ihn in seinen verschiedenen Phasen zu beobachten wissen. Das Meer besteht tatsächlich aus so wunderbar ineinander verschmolzenen Farbtönen, dass es vielleicht schwieriger für einen Maler ist, sein einheitliches und zugleich mannigfaltiges Ganzes wiederzugeben, als ein menschliches Antlitz zu malen, so wandelbar dessen Physiognomie auch sein mag.

– Ja, wirklich, sagte Miss Campbell, unaufhörlich verändert sich das Meer unter dem leisesten Hauch, der darüberstreicht, und je nach dem Licht, das es aufnimmt, wandelt es sich zu jeder Stunde des Tages.

– Schauen Sie es sich in diesem Moment an, Miss Campbell!, erwiderte Olivier Sinclair. Es ist absolut ruhig! Könnte man nicht von einem schönen schlafenden Gesicht sprechen, dessen wunderbare Klarheit durch nichts getrübt wird? Es hat keine einzige Falte, es ist jung, es ist schön! Wenn man so will, ist es nur ein riesiger Spiegel, aber einer, der den Himmel spiegelt und in dem Gott sich betrachten kann!

– Ein Spiegel, den oft genug der Sturmwind blind macht!, ergänzte Miss Campbell.

– Nun, erwiderte Olivier Sinclair, daraus entsteht ja die große Vielfalt beim Anblick des Ozeans! Da muss sich nur ein Wind erheben, und sein Gesicht verändert sich, bekommt Falten, die Wogen geben ihm weißes Haar, es altert in einem Augenblick, es wird um hundert Jahre älter und bleibt doch immer prachtvoll mit seinem eigenwilligen Meeresleuchten und seinen Stickereien aus Schaum!

– Glauben Sie, Mister Sinclair, fragte Miss Campbell, dass ein Maler, so bedeutend er auch sein mag, je all diese Schönheiten des Meeres auf einer Leinwand wiedergeben könnte?

– Ich denke nicht, Miss Campbell, und wie könnte er auch? Das Meer hat in Wahrheit keine eigene Farbe. Es ist nur ein Spiegelbild des Himmels! Ist es blau? Mit Blau kann man es nicht malen! Ist es grün? Mit Grün auch nicht! Eher würde man es in seinem Wüten erfassen, wenn es dunkel, bleigrau, bösartig ist, wenn der Himmel sämtliche Wolken, die er darüber dräuen lässt, zu vermengen scheint! Ach, Miss Campbell, je länger ich ihn mir anschaue, desto überwältigender finde ich diesen Ozean. Ozean! Dieses Wort sagt alles! Es ist die Unendlichkeit! In seinen unauslotbaren Tiefen erstrecken sich grenzenlose Wiesen, gegen welche die unseren wüst und leer sind, hat Darwin gesagt. Was sind im Vergleich mit ihm die gewaltigsten Kontinente? Einfache Inseln, die er mit seinen Wassern umgibt! Er bedeckt vier Fünftel des Globus! Durch eine Art unentwegten Kreislauf – wie ein lebendiges Wesen, dessen Herz auf der Linie des Äquators schlüge – nährt er sich selbst mit der Feuchtigkeit, die er abgibt, aus der er die Quellen versorgt, die als Flüsse in ihn zurückkehren, oder die er mit dem Regen, der seinem Schoß entstammt, direkt wieder aufnimmt! Ja, der Ozean ist die Unendlichkeit, die Unendlichkeit, die man nicht sieht, sondern spürt, wie ein Dichter sagt, unendlich wie der Weltraum, den er in seinen Fluten widerspiegelt!

– Ich höre Sie gerne mit dieser Begeisterung sprechen, Mister Sinclair, erwiderte Miss Campbell, und ich teile diese Begeisterung! Ja, ich liebe das Meer ebenso, wie Sie es zu lieben vermögen!

– Und Sie hätten keine Angst, seinen Gefahren zu trotzen?, fragte Olivier Sinclair.

– Nein, ich hätte wirklich keine Angst. Kann man fürchten, was man bewundert?

– Sie wären also eine kühne Reisende gewesen?

– Vielleicht, Mister Sinclair, erwiderte Miss Campbell. Auf jeden Fall habe ich von allen Reiseberichten immer die am liebsten gelesen, in denen es um die Entdeckung ferner

Meere ging. Wie oft habe ich sie mit den großen Seefahrern überquert! Wie oft habe ich mich ins völlig Unbekannte gestürzt – nur im Geiste allerdings, aber ich kenne nichts Beneidenswerteres als das Schicksal der Helden, die derart Großes vollbracht haben!

– Ja, Miss Campbell, was gibt es in der Geschichte der Menschheit Schöneres als diese Entdeckungen? Zum ersten Mal mit Kolumbus den Atlantik überqueren, mit Magellan den Pazifik, mit Parry, Franklin, d'Urville und so vielen anderen die Polarmeere, das sind Träume! Kein Schiff kann ich auslaufen sehen, ob Kriegsschiff, Handelsschiff oder einfaches Fischerboot, ohne dass mein ganzes Wesen an Bord geht! Ich denke, ich war zum Seemann geboren, und bedaure jeden Tag, dass dieser Beruf nicht seit meiner Kindheit der meine war.

– Aber Sie haben zumindest Seereisen unternommen?, fragte Miss Campbell.

– So viel ich konnte, erwiderte Olivier Sinclair. Ich habe ein wenig das Mittelmeer gesehen, von Gibraltar bis zu den Häfen der Levante, ein wenig den Atlantik bis Nordamerika, dann die nördlichen Meere Europas, und ich kenne sämtliche Gewässer, mit denen die Natur so verschwenderisch sowohl England als auch Schottland gesegnet hat ...

– Diese so herrlichen Gewässer, Mister Sinclair!

– Ja, Miss Campbell, und ich kenne nichts, was unseren Hebriden vergleichbar wäre, zu denen dieser Steamer uns bringt! Ein echter Archipel mit einem Himmel, der nicht so blau ist wie der des Orients, aber vielleicht mehr Poesie hat, mit all seinen wilden Klippen und nebligen Horizonten. Der griechische Archipel hat eine ganze Gesellschaft von Göttern und Göttinnen hervorgebracht. Mag sein! Aber Sie werden feststellen, dass es sehr bürgerliche, sehr pragmatische, vor allem zu materiellem Leben begabte Gottheiten waren, die ihre kleinen Geschäfte trieben und ihre Konten führten. Meines Erachtens wirkt der Olymp wie ein mehr oder weniger gut besetzter Salon, wo Götter zusammenkommen, die etwas zu sehr den Menschen gleichen, deren Schwächen sie alle teilen! So ist es mit unseren Hebriden nicht. Dort weilen übernatürliche Wesen! Die skandinavischen Gottheiten, immateriell, ätherisch, nicht greifbar, keine Gestalten aus Fleisch und Blut! Odin, Ossian, Fingal, das ganze Heer dieser den Sagenbüchern entschlüpften poetischen Geister! Wie schön sie sind, diese Figuren, die unsere Erinnerung in den Nebeln arktischer Meere, in den Schneestürmen nördlicher Gefilde heraufbeschwören kann! Dieser Olymp ist auf andere Art göttlich als der griechische! Er hat nichts Irdisches, und wenn man ihm einen Ort geben sollte, der seiner Bewohner würdig wäre, dann wäre das in den Wassern unserer Hebriden! Ja, Miss Campbell, genau hier würde ich unsere Gottheiten anbeten, und als wahrer Sohn dieses alten Kaledoniens würde ich unseren Archipel mit seinen zweihundert Inseln, seinem nebelverhangenen Himmel, seinen vom Golfstrom erwärmten brodelnden Gezeiten gegen sämtliche Archipele des Orients nicht eintauschen!

– Und er gehört wirklich uns, den Schotten der Highlands!, erwiderte Miss Campbell, ganz begeistert von den glühenden Worten ihres jungen Gefährten. Uns, den Schotten der Grafschaft Argyll! Oh, Mister Sinclair, ich schwärme ebenso wie Sie für unseren kaledonischen Archipel! Er ist prachtvoll, und ich liebe ihn sogar in seinem Wüten!

– Das ist wirklich überwältigend, erwiderte Olivier Sinclair. Nichts hält sie auf, die Gewalt der Stürme, die nach einem Anlauf von dreitausend Meilen darüber hereinbrechen! Das beginnt an der amerikanischen Küste, die der schottischen direkt gegenüberliegt! Wenn dort, auf der anderen Seite des Atlantiks, die großen Stürme des Ozeans entstehen, entlädt sich hier die erste Wucht der gegen das westliche Europa anstürmenden Winde und Wellen! Aber was können sie schon ausrichten gegen unsere Hebriden, die kühner sind als jener Mann, von dem Livingstone erzählt, welcher Löwen nicht fürchtete, aber Angst hatte vor dem Ozean, diese auf ihrem Granitfundament festgefügten Inseln, die nur lachen können über die Gewalten von Sturm und Meer! …

– Das Meer! … Eine chemische Verbindung von Wasserstoff und Sauerstoff mit zweieinhalb Prozent Natriumchlorid! In der Tat ist nichts so schön wie das Wüten des Natriumchlorids!

Miss Campbell und Olivier hatten sich umgedreht, als sie diese offenbar an sie gerichteten Worte hörten, die verkündet wurden wie eine Antwort auf ihre Begeisterung.

Auf der Brücke stand Aristobulus Ursiclos!

Der lästige Mensch hatte dem Wunsch, Oban zur gleichen Zeit wie Miss Campbell zu verlassen, nicht widerstehen können, da er wusste, dass Olivier Sinclair sie nach Iona begleitete. So war er vor ihnen an Bord gegangen und, nachdem er sich während der ganzen Überfahrt im Salon der *Pioneer* aufgehalten hatte, erst an Deck gekommen, als die Insel in Sicht kam.

Das Wüten des Natriumchlorids! Welch ein Schlag ins Gesicht für die Träumer Olivier Sinclair und Miss Campbell!

Das Leben auf Iona

Die »Insel der Wogen«, wie der alte Name von Iona lautet, deren Abthügel sich nicht höher als vierhundert Fuß über den Meeresspiegel erhebt, war indessen immer deutlicher zu sehen, der Steamer näherte sich ihr rasch.

Gegen Mittag legte die *Pioneer* an einer kleinen Mole aus kaum behauenen, vom Meerwasser grün überzogenen Felsen an. Die Passagiere gingen an Land, die einen, die Mehrheit, um nach einer Stunde wieder auf See zu sein und durch die Meerenge von Mull nach Oban zurückzukehren, die anderen, die Minderheit – man weiß schon, wer – in der Absicht, auf Iona zu bleiben.

Die Insel hat genau genommen keinen Hafen. Ein steinerner Kai schützt eine der Buchten gegen die Wogen der offenen See. Weiter nichts. Während der schönen Jahreszeit ankern dort ein paar Vergnügungsjachten sowie die Fischerboote, die in diesen Gewässern auf Fang gehen.

Miss Campbell und ihre Gefährten überließen die Touristen einem Programm, das ihnen auferlegt, die Insel in zwei Stunden zu besichtigen, und machten sich auf die Suche nach einer passenden Unterkunft.

Den Komfort der reichen Badeorte des Vereinigten Königreichs konnte man auf Iona nicht erwarten.

Iona ist nicht größer als drei Meilen in der Länge mal eine Meile in der Breite und hat kaum fünfhundert Einwohner. Der Duke of Argyll, dem die Insel gehört, zieht daraus nur einen Gewinn von einigen Hundert Pfund. Es gibt keine einzige nennenswerte Stadt, und sogar weder einen Marktflecken noch ein Dorf. Nur vereinzelte Häuser, zumeist armselige Hütten, malerisch, wenn man will, aber höchst einfach, fast alle ohne Fenster, Licht fällt bloß durch die Tür herein, ohne Schornstein, mit einem Loch im Dach, wobei sie nur Wände aus Stroh und Kieseln haben und Strohdächer aus Schilf und Heide, zusammengehalten mit Stricken aus Tang.

Wer möchte glauben, dass Iona in den Anfängen der skandinavischen Geschichte die Wiege des Druidenkultes war? Wer könnte sich vorstellen, dass dort nach ihnen, im sechsten Jahrhundert, St. Columban – der Ire, dessen Namen die Insel ebenfalls trägt – das erste Kloster ganz Schottlands gründete, um die neue, christliche Religion zu lehren, und dass dort bis zur Reformationszeit die Mönche von Cluny lebten! Wo soll man sie nun suchen, die gewaltigen Bauwerke, die gleichsam das Seminar von Bischöfen und bedeutenden Äbten des Vereinigten Königreichs waren? Wo in den Trümmern die Bibliothek wiederfinden, reich an Archiven der Vergangenheit, an Manuskripten zur römischen Geschichte, die für die damaligen Gelehrten von großem Nutzen war? Nein, heute sind hier nur noch Ruinen, wo die Zivilisation entstanden ist, die den Norden von Europa so tief greifend verändern sollte. Von dem einstigen St. Columba bleibt nur das heutige Iona mit ein paar rüden Bauern, die ihrer sandigen Erde mühsam eine erbärmliche Ernte von Gerste, Kartoffeln und Weizen abringen, mit den wenigen Fischern, deren Schaluppen von den fischreichen Gewässern der kleinen Hebriden leben.

– Miss Campbell, fragte Aristobulus Ursiclos beim ersten Blick auf die Insel abschätzig, finden Sie, dass dies hier mit Oban zu vergleichen ist?

– Dies hier ist besser!, gab Miss Campbell zurück, obwohl sie ganz sicher dachte, dass die Insel einen überflüssigen Bewohner bekäme.

Mangels eines Kurhauses oder Hotels hatten die Brüder Melvill indessen eine Art Gasthof entdeckt, der ganz annehmbar ist und wo die Touristen absteigen, die sich nicht mit der Zeit begnügen, die das Boot ihnen lässt, um die druidischen und christlichen Ruinen Ionas zu besichtigen. Noch am selben Tag konnten sie also im Weapons of Duncan absteigen, während Olivier Sinclair und Aristobulus Ursiclos sich mehr schlecht als recht in zwei Fischerhütten einquartierten.

Miss Campbell aber war so in Stimmung, dass sie sich in ihrer kleinen Kammer vor ihrem nach Westen gehenden offenen Fenster ebenso wohlfühlte wie auf der Terrasse des hohen Turms von Helensburgh, wohler jedenfalls als im Salon des Caledonian Hotels. Von hier aus erstreckte sich der Horizont vor ihren Augen, ohne dass irgendeine Insel seine geschwungene Linie unterbrach, und mit ein wenig Fantasie hätte sie dreitausend Meilen entfernt auf der anderen Seite des Atlantiks die amerikanische Küste sehen können. Wahrhaftig, hier hatte die Sonne eine schöne Bühne, um in ihrer ganzen Pracht unterzugehen!

Das Zusammenleben auf der Insel war so bescheiden wie unkompliziert. Die Mahlzeiten wurden gemeinsam in dem niedrigen Speiseraum des Gasthofs eingenommen. Wie eh und je setzten sich Dame Bess und Partridge an den Tisch ihrer Herrschaft. Vielleicht zeigte sich Aristobulus Ursiclos davon etwas überrascht, Olivier Sinclair jedoch fand nichts dagegen einzuwenden. Er hatte bereits eine gewisse Zuneigung zu den beiden Dienstboten gefasst, die sie uneingeschränkt erwiderten.

Nun führte die Familie das alte schottische Leben in all seiner Einfachheit. Nach Spaziergängen über die Insel und Gesprächen über die alten Zeiten, in denen Aristobulus Ursiclos es nie versäumte, seinen unpassenden modernen Ton anzuschlagen, kam man beim mittäglichen Dinner und beim Supper um acht Uhr abends zusammen. Und den Sonnenuntergang beobachtete Miss Campbell bei jedem Wetter, sogar bei bedecktem Himmel. Wer weiß! Es konnte sich im unteren Bereich der Wolken ein Loch auftun, ein Spalt, eine Lücke, um den letzten Strahl hindurchzulassen!

Und wie man speiste! Die waschechtesten Kaledonier unter den Tischgenossen von Walter Scott, bei einem Dinner von Fergus MacGregor, bei einem Supper von Oldbuck, dem Antiquar, hätten nichts auszusetzen gehabt an den nach alter schottischer Art zubereiteten Gerichten. Dame Bess und Partridge fühlten sich ins letzte Jahrhundert zurückversetzt und waren so glücklich, als lebten sie zur Zeit ihrer Vorfahren. Bruder Sam und Bruder Sib begrüßten die ehemals in der Familie Melvill üblichen kulinarischen Wunderwerke mit offensichtlichem Vergnügen.

Und durch den in einen Speisesaal verwandelten niedrigen Raum tönten die Rufe:

– Noch ein wenig von diesen Cakes aus Hafermehl, die viel köstlicher sind als die weichen Kuchen aus Glasgow!

– Noch ein bisschen von diesem Sowens, das von den Leuten aus den Highlands heute noch genossen wird!

– Noch mehr von diesem Haggis, den unser großer Dichter Burns als den ersten, besten, typischsten Pudding Schottlands in seinen Versen gebührend gepriesen hat!

– Noch mehr von diesem Cockylecky! Der Hahn darin ist zwar ein wenig hart, aber der Lauch, mit dem man es zubereitet, ist ausgezeichnet!

– Und zum dritten Mal von diesem Hotchpotch, das besser ist als irgendeine Suppe der Köchin von Helensburgh!

Oh, man aß gut im Weapons of Duncan, unter der Bedingung, dass alle zwei Tage in der Kombüse des mit den kleinen Hebriden verkehrenden Steamers Vorräte gekauft wurden! Und man trank auch gut!

Man hätte die Brüder Melvill sehen müssen, wie sie es sich mit dem Glas in der Hand wohl sein ließen, sich zuprosteten mit jenen großen Pints, die nicht weniger als vier englische Pints enthalten und in denen das Usquebaugh schäumte, das besondere Bier Schottlands, oder das eigens für sie gebraute beste Hummok! Und der aus Gerste gebrannte Whisky, der noch im Magen der Trinker weiter zu gären scheint! Und wäre das starke Bier nicht gewesen, hätten sie sich mit dem einfachen, aus Weizen destillierten Mum begnügt, wenn nötig auch mit diesem Two-penny, das man stets mit einem Gläschen Gin würzen konnte! Tatsächlich kamen sie gar nicht auf den Gedanken, den Sherry und den Porto aus den Kellern von Helensburgh und Glasgow zu vermissen.

Der an modernen Komfort gewöhnte Aristobulus Ursiclos hörte nicht auf, sich ungebührlich oft zu beschweren, doch niemand achtete auf seine Klagen.

L. Benett

Wurde ihm die Zeit auch lang auf dieser Insel, für die anderen verging sie schnell, und Miss Campbell schimpfte nicht mehr über die Nebel, die jeden Abend den Horizont verhüllten.

Gewiss, Iona ist nicht groß, aber braucht denn, wer gerne an der frischen Luft spazieren geht, so viel Platz? Passt die Großartigkeit eines königlichen Parks nicht in ein winziges Gärtchen? Man ging also spazieren. Olivier hielt hier und da eine Ansicht fest. Miss Campbell sah ihm beim Malen zu, und so verstrich die Zeit.

Der 26., 27., 28. und 29. August vergingen ohne einen Augenblick von Langeweile. Dieses raue Leben passte zu der wilden Insel, gegen deren öde Klippen unablässig das Meer brandete.

Miss Campbell war glücklich, der neugierigen, geschwätzigen, inquisitorischen Gesellschaft der Badeorte entflohen zu sein, und ging aus, wie sie es im Park von Helensburgh getan hätte, mit dem *rokelay*, der sie wie eine Mantille umhüllte, frisiert mit dem einzigartigen *snod*, jenem ins Haar geflochtenen Band, das den jungen Schottinnen so gut zu Gesicht steht. Olivier Sinclair wurde nicht müde, ihre Anmut zu bewundern, den Zauber ihrer Person, jenen Reiz, der auf ihn eine Wirkung hatte, die ihm im Übrigen sehr wohl bewusst war. Oft schweiften beide plaudernd, schauend, träumend bis zu den äußersten Ufern der Insel und stiegen durch den von der letzten Flut zurückgebliebenen Tang. Vor ihnen flogen in Scharen die schottischen Seetaucher auf, die *Tammie norries*, deren Einsamkeit sie störten, die *Pictarnies*, die von der Brandung angespülten kleinen Fischen auflauerten, und die verrückten Basstölpel mit schwarzem Gefieder, weißen Flügelenden und gelbem Kopf und Hals, die in der Vogelwelt der Hebriden besonders die Familie der Schwimmvögel vertreten.

War nach dem Untergang der stets von ein paar Nebelschwaden verschleierten Sonne der Abend gekommen, welcher Zauber war es dann für Miss Campbell und die Ihren, die ersten Stunden der Nacht zusammen an einem einsamen Meeresufer zu verbringen! Die Sterne stiegen am Horizont auf, und mit ihnen kehrten alle Erinnerungen an die Gedichte Ossians zurück. In der tiefen Stille hörten Miss Campbell und Olivier Sinclair die beiden Brüder abwechselnd die Strophen des alten Barden, des leidgeprüften Sohns von Fingal, rezitieren.

»Oh Stern, Gefährte der Nacht, dein Haupt erhebt sich strahlend aus den abendlichen Wolken, du schreitest majestätisch über den Azur des Firmaments; was erblickst du in der Weite?

Die Stürme des Tages verstummen; die Wellen kräuseln sich ruhig am Fuß der Klippe; das Sirren der abendlichen Mücken mit ihren leichten, schnellen Flügeln erfüllt das Schweigen der Himmelshöhen.

Funkelnder Stern, was erblickst du in der Weite? Doch schon sehe ich dich lächelnd am Horizont versinken. Leb wohl, leb wohl, stiller Stern!«

Dann verstummten Bruder Sam und Bruder Sib, und alle kehrten zurück in ihre kleine Kammer im Gasthof.

Und doch, so wenig scharfsichtig die Brüder Melvill auch waren, sie begriffen durchaus, dass Aristobulus Ursiclos ebenso sehr in Miss Campbells Ansehen sank, wie Olivier Sinclair darin stieg. Die beiden jungen Männer gingen sich so weit wie möglich aus dem Weg. Auf die Gefahr hin, eine der Launen ihrer Nichte zu provozieren, mühten sich die beiden Onkel damit ab, die ganze kleine Gesellschaft zu versöhnen und einander näherzubringen. Ja, sie wären froh gewesen, wenn Ursiclos und Sinclair die Nähe des anderen gesucht hätten, statt einander zu meiden, statt sich weiter mit verächtlicher Zurückhaltung zu begegnen. Meinten die Onkel denn, dass alle Männer Brüder sind, Brüder, wie sie es waren?

Kurz, sie lenkten die Dinge so geschickt, dass für den 30. August beschlossen wurde, gemeinsam die Ruinen der Kirche, des Klosters und des Friedhofs zu besichtigen, die nordöstlich und südlich des Abthügels lagen. Diesen für Touristen kaum zwei Stunden beanspruchenden Ausflug hatten die neuen Gäste auf Iona noch nicht gemacht. Das war doch taktlos gegenüber den legendären Schatten jener Einsiedlermönche, die ehemals die Hütten an der Küste bewohnten, respektlos gegenüber den bedeutenden Toten der Königsfamilien, von Fergus II. bis Macbeth.

Die Ruinen von Iona

An jenem Tag machten sich also Miss Campbell, die Brüder Melvill und die beiden jungen Männer nach dem Frühstück auf den Weg. Es war schönes Herbstwetter. Alle Augenblicke drang ein Lichtstreif durch einen Riss in der nicht sehr dicken Wolkendecke. Unter diesen zeitweiligen Aufhellungen schienen die Ruinen, welche jenen Teil der Insel krönten, die schönen Felsformationen der Küste, die auf dem unebenen Gelände von Iona verstreuten Häuser und das in der Ferne vom Streicheln einer hübschen Brise gekräuselte Meer ihr ein wenig trauriges Aussehen zu verlieren und dank der Sonne heiterer zu wirken.

Es war kein Besuchertag. An die fünfzig hatte der Steamer am Vorabend abgesetzt, morgen würde er sicherlich ebenso viele bringen, doch heute gehörte die Insel Iona ganz ihren neuen Bewohnern. Die Ruinen würden also vollkommen verlassen sein, wenn die Ausflügler dort ankämen.

Man war fröhlich unterwegs. Die gute Laune von Bruder Sam und Bruder Sib hatte ihre Gefährten angesteckt. Sie plauderten, liefen hierhin und dorthin, machten Abstecher über steinige schmale Pfade zwischen niedrigen Mauern aus schroffen Steinen.

Alles stand also zum Besten, bis zum ersten Halt vor dem

Grabhügel von MacLean. Dieser schöne, vierzehn Fuß hohe Block aus rotem Granit, der über der Main Street aufragt, ist der einzige Überrest der dreihundertsechzig Kreuze, mit denen die Insel bis zur Reformationszeit Mitte des sechzehnten Jahrhunderts gespickt war.

Olivier Sinclair wollte, aus gutem Grund, eine Skizze von diesem Grabmal machen, das gut gearbeitet ist und in einer von leicht verdorrtem Grün überwucherten kargen Ebene schön zur Geltung kommt.

Miss Campbell, die Brüder Melvill und er standen also fünfzig Schritt vor dem Kreuz, um das Ganze gut im Blick zu haben. Olivier Sinclair setzte sich auf die Ecke eines Mäuerchens und begann den Vordergrund des Geländes zu zeichnen, auf dem das Kreuz von MacLean steht.

Kurz darauf schien es ihnen allen, als versuche eine menschliche Gestalt die unteren Stufen dieses Grabhügels zu erklimmen.

– Schau an!, sagte Olivier, was macht dieser ungebetene Gast hier? Wenn er wenigstens als Mönch gekleidet wäre, würde er nicht weiter auffallen, und ich könnte ihn zu Füßen dieses alten Kreuzes auf die Knie sinken lassen!

– Das ist bloß ein Neugieriger, der Sie allerdings stören wird, erwiderte Miss Campbell.

– Aber ist das nicht Aristobulus Ursiclos, der uns überholt hat?, fragte Bruder Sam.

– In Person!, ergänzte Bruder Sib.

Es war tatsächlich Aristobulus Ursiclos. Er war auf den Sockel des Grabmals gestiegen und bearbeitete ihn mit dem Hammer.

Empört über diese Unverfrorenheit des Mineralogen, ging Miss Campbell sofort zu ihm hinüber:

– Was machen Sie da, Sir?, fragte sie.

– Sie sehen es doch, Miss Campbell, erwiderte Aristobulus Ursiclos, ich versuche, ein Stück von diesem Granit abzuschlagen.

– Aber was sollen diese verrückten Ideen? Ich dachte, die Zeit der Bilderstürmer sei vorüber!

– Ein Bilderstürmer bin ich keineswegs, erwiderte Aristobulus Ursiclos, aber ich bin Geologe, und als solcher muss ich wissen, woraus dieser Stein besteht.

Ein gewaltiger Hammerschlag hatte das Werk der Schändung vollendet: Ein Stein aus dem Sockel rollte zu Boden.

Aristobulus Ursiclos hob ihn auf, und zur Unterstützung seiner starken Brille eine dicke Forscherlupe aus der Tasche ziehend, hielt er ihn vor seine Nasenspitze.

– Genau, wie ich es mir dachte, sagte er. Ein sehr feinkörniger, sehr widerstandsfähiger roter Granit, der vom Nonneninselchen stammen wird, fast wie der, den die Architekten des zwölften Jahrhunderts zum Bau des Münsters von Iona benutzt haben.

Und Aristobulus Ursiclos ließ eine so schöne Gelegenheit nicht verstreichen, sich in einen archäologischen Vortrag zu stürzen, dem die Brüder Melvill – sie waren gerade bei ihm angelangt – glaubten lauschen zu müssen.

Miss Campbell war ohne weiteres Aufheben zurück zu Olivier Sinclair gegangen, und als die Zeichnung fertig war, fanden sich alle auf dem Vorplatz des Münsters ein.

Dieses Monument ist ein komplexes Bauwerk, errichtet aus zwei zusammengefügten Kirchen, deren Mauern, stark wie Festungswälle, und Pfeiler, unerschütterlich wie Felsen, den Verheerungen dieses Klimas seit tausenddreihundert Jahren getrotzt haben.

Ein paar Minuten lang wandelten die Besucher in der ersten Kirche umher, die in ihren Gewölbebogen und dem Schwung ihrer Arkaden romanisch ist, dann in der zweiten, einem gotischen Bauwerk aus dem zwölften Jahrhundert, welches das Hauptschiff und die Querschiffe der ersten bildet. So kamen sie durch diese Ruinen von einer Epoche in die andere, wobei sie den Fuß auf die großen quadratischen Steinplatten setzten, durch deren Fugen der Erdboden trat. Hier waren Grabdeckel; dort, in den Ecken aufgestellt, ein paar Grabsteine mit ihren gemeißelten Figuren, die das Almosen des Vorübergehenden zu erwarten schienen.

Das Ganze, ernst, streng, schweigend, atmete die Poesie vergangener Zeiten.

Miss Campbell, Olivier Sinclair und die Brüder Melvill, die nicht merkten, dass ihr allzu gelehrter Gefährte zurückgeblieben war, gelangten nun unter das mächtige Gewölbe des quadratischen Turms – ein Gewölbe, das sich ehemals über dem Portal der ersten Kirche spannte und sich später am Schnittpunkt der beiden Kirchen erhob.

Kurz darauf hallten regelmäßige Schritte über den Steinboden. Man konnte meinen, ein steinernes Standbild, dem ein Genius Leben eingehaucht hätte, schreite steif einher, wie der Komtur im Salon von Don Juan.

Es war Aristobulus Ursiclos, der mit abgezirkelten Schritten die Kathedrale vermaß.

– Hundertsechzig Fuß von Ost nach West, sagte er und notierte die Zahl in seinem Heft, bevor er in die zweite Kirche trat.

– Ach, Sie sind es, Mister Ursiclos!, sagte Miss Campbell ironisch. Nach dem Mineralogen nun der Vermesser?

– Und nur siebzig Fuß in der Vierung, erwiderte Aristobulus Ursiclos.

– Und wie viel Zoll?, fragte Olivier Sinclair wie jemand, der nicht weiß, ob er wütend werden soll oder nicht. Doch die Brüder Melvill traten rechtzeitig dazwischen und führten Miss Campbell und die beiden jungen Männer zum Kloster.

Von diesem Bauwerk bleiben nur noch unkenntliche Reste, obwohl es die Schändungen der Reformation überlebt hat. Nach dieser Epoche war es sogar Heimstatt einiger Stiftsdamen der Augustiner, denen der Staat dort Asyl gewährte. Jetzt sind es nur noch von den Stürmen verwüstete, jämmerliche Klosterruinen, die weder Rundbogengewölbe noch romanische Pfeiler hatten, um den Unbilden des Klimas im hohen Norden ungestraft standhalten zu können.

Nachdem die Besucher erkundet hatten, was von diesem einst blühenden Kloster übrig war, konnten sie immerhin noch die besser erhaltene Kapelle bewundern, deren Innenraum Aristobulus Ursiclos nicht glaubte vermessen zu müssen. Dieser Kapelle, die später oder solider gebaut wurde als die Refektorien oder Kreuzgänge des Klosters, fehlte nur das Dach, der nahezu unversehrte Chor aber ist ein bei Kunsthistorikern hoch geschätztes Stück Architektur.

Im westlichen Teil steht das Grabmal der letzten Äbtissin des Ordens. Auf der schwarzen Marmorplatte sieht man eine Jungfrau zwischen zwei Engeln und darüber eine Madonna, die das Jesuskind in den Armen hält.

– Wie die Jungfrau auf dem Thron und die Sixtinische Madonna, die einzigen Heiligen Jungfrauen Raffaels, die nicht ihre Lider senken, blickt diese uns an, und ihre Augen scheinen zu lächeln!

Das war eine treffende Bemerkung von Miss Campbell, sie bewirkte jedoch, dass Aristobulus Ursiclos ziemlich ironisch den Mund verzog.

– Wie kommen Sie auf die Idee, Miss Campbell, dass Augen lächeln können?

Vielleicht hätte Miss Campbell ihm am liebsten geantwortet, wenn sie ihn anschaue, würden ihre jedenfalls nie diesen Ausdruck haben, doch sie schwieg.

– Es ist ein weitverbreiteter Irrtum, fuhr Aristobulus Ursiclos fort, als unterrichte er *ex cathedra*, vom Lächeln der Augen zu sprechen. Diesen Sehorganen fehlt ja gerade jeder Ausdruck, wie uns der Augenarzt erklärt. Setzen Sie zum Beispiel eine Maske auf ein Gesicht, betrachten Sie die Augen, und ich wette, dass Sie nicht erkennen können, ob dieses Gesicht fröhlich, traurig oder wütend ist.

– Ach, wirklich?, entgegnete Bruder Sam, der sich für diese kleine Lektion zu interessieren schien.

– Das habe ich nicht gewusst, setzte Bruder Sib hinzu.

– Und doch ist es so, fuhr Aristobulus Ursiclos fort, und wenn ich eine Maske hätte …

Aber der erstaunliche junge Mann hatte keine Maske, und das Experiment, das jeden diesbezüglichen Zweifel zerstreuen sollte, konnte nicht durchgeführt werden.

Außerdem hatten Miss Campbell und Olivier Sinclair den Kreuzgang schon verlassen und gingen hinüber zum Friedhof von Iona.

Dieser Ort trägt den Namen »Schrein von Oban«, zur Erinnerung an den Gefährten von St. Columban, dem wir die Errichtung der Kapelle verdanken, deren Ruinen in diesem Totenacker aufragen.

Es ist ein denkwürdiger Platz, dieses mit Grabsteinen

übersäte Gelände, wo achtundvierzig schottische Könige ruhen, acht Vizekönige der Hebriden, vier Vizekönige von Irland und, namenlos wie ein Oberhaupt aus prähistorischer Zeit, ein König von Frankreich. Mit seinem langen Gitterzaun und seinen aneinandergereihten Steinplatten wirkte es wie das Menhir-Feld von Carnac, nur dass die Steine Gräber sind und keine Druidenfelsblöcke. Dort liegt auf der grünen Bahre der Granitstein des Königs von Schottland, jenes durch die finstere Tragödie *Macbeth* berühmt gewordenen Duncan. Ein paar dieser Steine tragen nur geometrische Ornamente, die anderen zeigen, plastisch herausgemeißelt, starr wie ein Leichnam hingestreckt, einige jener wilden Keltenkönige.

Wie viele Erinnerungen über diese Totenstadt von Iona streifen! Wie weit die Vorstellungskraft zurück in die Vergangenheit schweift, wenn sie den Boden dieses Saint-Denis der Hebriden erforscht!

Unvergesslich auch jene Strophe Ossians, die von genau diesem Ort inspiriert zu sein scheint:

»Fremdling, du weilst hier auf von Helden bedecktem Land. Besinge zuweilen den Ruhm dieser berühmten Toten. Mögen ihre flüchtigen Schatten dich heiter umspielen!«

Miss Campbell und ihre Gefährten standen schweigend da und schauten. Sie mussten nicht die langweiligen Erklärungen eines vereidigten Führers über sich ergehen lassen, der ein paar Touristen die Ungewissheiten einer so fernen Geschichte nimmt. Sie meinten, sie vor sich zu sehen, die Nachfahren des Herrn der Inseln, Angus Og, Gefährte von Robert Bruce, dem Waffenbruder dieses Helden, der für die Unabhängigkeit seines Landes kämpfte.

– Gern würde ich abends noch einmal herkommen,

wenn es dunkel wird, sagte Miss Campbell. Mir scheint, das wäre eine günstigere Stunde, um diese Erinnerungen heraufzubeschwören. Ich würde sehen, wie man den Leichnam des unglücklichen Duncan bringt. Ich würde die Worte der Totengräber hören, wenn sie ihn in die seinen Vorfahren geweihte Erde legen. Wahrhaftig, Mister Sinclair, wäre das nicht der richtige Moment, jene Kobolde herbeizurufen, die den königlichen Friedhof bewachen?

– Ja, Miss Campbell, ich denke, bei Ihrer Stimme würden sie unweigerlich erscheinen.

– Wie denn, Miss Campbell, Sie glauben an Kobolde?, rief Aristobulus Ursiclos.

– Ich glaube an sie, Sir, als echte Schottin glaube ich an sie, erwiderte Miss Campbell.

– Aber in Wirklichkeit wissen Sie doch sehr gut, dass das ausgedacht ist, dass von dieser ganzen Fantasterei nichts existiert!

– Und wenn es mir gefällt, an sie zu glauben!, entgegnete Miss Campbell, aufgebracht von diesem störenden Widerspruch. Wenn es mir Spaß macht, an die dienstbaren Brownies zu glauben, die den Hausstand bewachen; an die Hexen, deren Zaubersprüche beim Deklamieren von Runenversen wirksam werden; an die Walküren, jene schicksalhaften Jungfrauen der skandinavischen Mythologie, welche die gefallenen Krieger forttragen; an jene vertrauten Feen, von unserem Dichter Burns besungen in seinen unsterblichen Versen, die ein wahres Kind der Highlands nicht vergessen könnte: »Heute Nacht tanzen die Feen im bleichen Mondlicht auf Cassilis Dawnan's oder ziehen nach Golzean, um zwischen Felsen und Bächen durch die Buchten zu irren.«

– Nun, Miss Campbell, fuhr der störrische Dummkopf

fort, denken Sie etwa, dass die Dichter diesen Träumen ihrer Einbildungskraft Glauben schenken?

– Ganz gewiss, Sir, erwiderte Olivier Sinclair, oder ihre Dichtung klänge falsch wie jedes Werk, das nicht tiefer Überzeugung entspringt.

– Sie auch, Sir?, entgegnete Aristobulus Ursiclos. Ich hielt Sie für einen Maler, für einen Dichter hielt ich Sie nicht.

– Das ist dasselbe, sagte Miss Campbell. Es gibt nur eine Kunst, in verschiedenen Formen.

– Aber nein ... nein ... das kann man nicht hinnehmen! Sie glauben doch nicht an diese ganze Mythologie der alten Barden, deren gestörtes Hirn diese imaginären Gottheiten ersonnen hat!

– Oh, Mister Ursiclos, rief Bruder Sam lebhaft gekränkt, sprechen Sie nicht so von unseren Vorfahren, die unser altes Schottland besungen haben!

– Und haben Sie die Güte, ihnen zu lauschen!, sagte Bruder Sib und zitierte aus dem Lieblingsgedicht der Familie: »Ich liebe die Gesänge der Barden. Gern höre ich Geschichten aus alter Zeit. Sie sind für mich wie die Stille des Morgens, wie der frische Tau, der die Hügel benetzt ...«

– »... wenn die Sonne nur noch schwache Strahlen über ihre Hänge wirft«, ergänzte Bruder Sam, »und der See tief im Tal still und blau ist!«

Gewiss hätten sich die beiden Onkel endlos weiter an ossianischen Dichtungen berauscht, hätte Aristobulus Ursiclos sie nicht jäh unterbrochen:

– Gentlemen, haben Sie je einen einzigen dieser vermeintlichen guten Geister gesehen, von denen Sie mit solcher Begeisterung sprechen? Nein! Und kann man sie sehen? Ebenso wenig, nicht wahr?

– Da irren Sie sich, Sir, und weil Sie sie noch nie gesehen haben, tun Sie mir leid, versetzte Miss Campbell, die ihrem Widersacher auch nicht ein Haar eines einzigen ihrer Kobolde gegönnt hätte. Im ganzen schottischen Hochland sieht man sie durch die verlassenen Glens geistern, aus der Tiefe der Schluchten steigen, über die Weite der Seen gaukeln, sich in den stillen Gewässern unserer Hebriden tummeln, ihr Spiel treiben in den Stürmen, die ihnen der nordische Winter entgegenbläst. Und wissen Sie, dieser grüne Blitz, dem ich hartnäckig nachjage, warum sollte er nicht der Schal einer Walküre sein, dessen Fransen in die Wasser des Horizonts hängen?

– Oh nein, rief Aristobulus Ursiclos, wahrhaftig, nein! Und ich werde Ihnen sagen, was Ihr grüner Blitz ist.

– Sagen Sie es nicht, Sir, rief Miss Campbell, ich will es nicht wissen!

– Aber ja doch, erwiderte Aristobulus Ursiclos, von der Auseinandersetzung ganz aufgebracht.

– Ich verbiete es Ihnen ...

– Ich werde es trotzdem sagen, Miss Campbell. Wenn dieser letzte Strahl der Sonne bei der Berührung ihres oberen Randes mit dem Horizont grün ist, dann vielleicht, weil er beim Fall durch die hauchdünne Wasseroberfläche ihre Farbe aufnimmt ...

– Seien Sie still ... Mister Ursiclos!

– Es sei denn, dieses Grün folgt einfach auf das Rot der plötzlich verschwundenen Sonnenscheibe, dessen Eindruck unser Auge immer noch hat, weil Grün in der Optik die Komplementärfarbe ist!

– Ach, Sir, Ihre physikalischen Ausführungen ...

– ... meine Ausführungen, Miss Campbell, stimmen mit

der Natur der Dinge überein, und ich habe gerade beschlossen, eine Abhandlung zu diesem Thema zu veröffentlichen.

– Gehen wir, liebe Onkel!, rief Miss Campbell, wahrlich aufgebracht. Mister Ursiclos wird mir mit seinen Erklärungen noch meinen grünen Blitz verderben!

Nun schritt Olivier Sinclair ein:

– Sir, sagte er, ich denke, Ihre Abhandlung über den grünen Blitz wird höchst lesenswert sein, doch gestatten Sie mir, Ihnen eine andere über ein vielleicht noch interessanteres Thema vorzuschlagen.

– Und welches, Sir?, fragte Aristobulus Ursiclos, wobei er sich kämpferisch aufrichtete.

– Ihnen ist sicher bekannt, Sir, dass einige Gelehrte sich mit folgender so fesselnden Frage wissenschaftlich auseinandergesetzt haben: *Vom Einfluss der Fischschwänze auf die Wellenbildung des Meeres ...*?

– Ach was, Sir ...?

– Nun, Sir, hier noch eine andere, die ich Ihren gelehrten Betrachtungen ganz besonders empfehle: *Vom Einfluss der Blasinstrumente auf die Entstehung der Stürme.*

Zwei Schüsse

Am nächsten Tag und in den ersten Septembertagen ward Aristobulus Ursiclos nicht mehr gesehen. Hatte er Iona mit dem Touristenschiff verlassen, nachdem ihm klar geworden war, dass er bei Miss Campbell seine Zeit vertat? Niemand wusste es. In jedem Fall tat er gut daran, sich nicht zu zeigen. Es war nicht mehr nur Gleichgültigkeit, es war eine Art Abneigung, die er bei dem jungen Mädchen hervorrief. Ihrem Blitz die Poesie genommen zu haben, ihren Traum zu bloßer Materie gemacht zu haben, den Schal einer Walküre in ein ordinäres optisches Phänomen verwandelt zu haben! Vielleicht hätte sie ihm alles verziehen, alles, nur das nicht.

Die Brüder Melvill bekamen nicht einmal die Erlaubnis, sich nach Aristobulus Ursiclos zu erkundigen.

Wozu auch im Übrigen? Was hätten sie ihm sagen können, und worauf hofften sie noch? Konnten sie jetzt noch an die geplante Verbindung zweier so unvereinbarer Menschen denken, getrennt durch den Abgrund zwischen gemeiner Prosa und erhabener Poesie, der eine mit seiner Sucht, alles auf wissenschaftliche Formeln zu reduzieren, der andere nur im Ideal lebend, das Ursachen verachtet und dem Eindrücke genug sind!

Auf Drängen von Dame Bess fand Partridge heraus, dass dieser »junge alte Gelehrte«, wie er ihn nannte, noch nicht endgültig abgereist war und immer noch in seiner Fischerhütte wohnte, wo er seine Mahlzeiten allein einnahm.

Das Wichtigste war jedenfalls, dass Aristobulus Ursiclos sich nicht mehr blicken ließ. In Wahrheit streifte er, wenn er sich nicht mit zweifellos bedeutsamen wissenschaftlichen Überlegungen in seinem Zimmer einschloss, mit geschultertem Gewehr über die flachen Küstengestade, und dort entlud sich seine schlechte Laune in einem wahren Gemetzel an schwarzen Tauchvögeln und Möwen, die damit nichts zu schaffen hatten. Hegte er also noch irgendwelche Hoffnung? Sagte er sich, dass Miss Campbell, wenn die fixe Idee vom grünen Blitz erst einmal befriedigt war, wieder besser gestimmt wäre? Gut möglich, bei seinem Wesen.

Doch eines Tages widerfuhr ihm ein ziemlich unangenehmes Abenteuer, welches ohne das ebenso großzügige wie unerwartete Eingreifen seines Rivalen böse für ihn hätte enden können.

Es geschah am Nachmittag des 2. September. Aristobulus Ursiclos hatte sich ans Studium der Klippen gemacht, welche die äußerste Südspitze Ionas bilden. Einer jener Granitblöcke, ein *stack*, weckte besonders seine Aufmerksamkeit, sodass er beschloss, sich auf dessen Gipfel hochzuarbeiten. Ein jedoch einigermaßen unkluger Versuch, denn die Klippe bot fast nur glatte Flächen, auf denen der Fuß keinen Halt finden konnte.

Aristobulus Ursiclos wollte sich indessen nicht abschrecken lassen. Er begann also die Felswand hinaufzuklettern, indem er ein paar hier und da sprießende Grasbüschel zu

Hilfe nahm, und konnte mit einiger Mühe den Gipfel erreichen.

Einmal dort angekommen, widmete er sich seiner gewohnten Tätigkeit als Mineraloge; doch als er wieder hinunterwollte, wurde es schwieriger. Nachdem er sorgfältig geprüft hatte, auf welcher Seite der Felswand er sich hinabgleiten lassen könnte, wagte er die Sache. In diesem Moment trat er ins Leere, er fiel, ohne sich halten zu können, und wäre in die wilden Wogen der Brandung gestürzt, hätte ein zerborstener Baumstumpf ihn nicht in seinem Fall gehemmt.

Aristobulus Ursiclos befand sich also in einer so gefährlichen wie lächerlichen Lage. Wieder hinaufklettern konnte er nicht, aber er konnte auch nicht wieder hinunter.

Eine Stunde verging auf diese Weise, und man weiß nicht, was geschehen wäre, wenn nicht hier und jetzt, seinen Malerranzen auf dem Rücken, Olivier Sinclair vorbeigekommen wäre. Er hörte Schreie und blieb stehen. Aristobulus Ursiclos dreißig Fuß hoch in der Luft hängen und baumeln zu sehen wie eines jener vor einer Schenke aufgehängten Kerlchen aus Korbgeflecht, brachte ihn zunächst zum Lachen, doch wie man sich vorstellen kann, zögerte er nicht, sich herauszuwagen, um ihn da herunterzuholen.

Das kostete einige Mühe. Olivier Sinclair musste den Gipfel des Felsens erklimmen, den Aufgehängten wieder heraufziehen und ihm helfen, an der anderen Seite hinunterzuklettern.

– Mister Sinclair, sagte Aristobulus Ursiclos, sobald er auf festem Boden stand, ich hatte den Neigungswinkel falsch berechnet, den diese Felswand zur Senkrechten bildet. Daher dieses Abrutschen und Hängenbleiben ...

– Mister Ursiclos, erwiderte Olivier Sinclair, ich bin froh, dass es mir zufällig vergönnt war, Ihnen zu Hilfe zu kommen!

– Lassen Sie mich Ihnen dennoch danken ...

– Das ist nicht der Rede wert, Sir. Gewiss hätten Sie für mich das Gleiche getan?

– Ohne Zweifel!

– Nun, dann auf Wiedervergeltung!

Und die beiden jungen Männer gingen auseinander.

Olivier Sinclair meinte, diesen nicht weiter wichtigen Zwischenfall gar nicht erwähnen zu müssen. Aristobulus Ursiclos seinerseits sprach ebenso wenig darüber; da er jedoch sehr am Leben hing, war er im Grunde seinem Rivalen dankbar, ihm aus der Klemme geholfen zu haben.

Nun ja, und der berühmte Blitz? Man muss zugeben, dass er sich mächtig bitten ließ! Indessen war keine Zeit mehr zu verlieren. Unweigerlich würde bald wieder der Herbst den Himmel mit seinem Nebelschleier bedecken. Dann gäbe es keine klaren Abende mehr, mit denen sich der September in den nördlichen Breiten so geizig zeigt. Keine scharfen Horizonte mehr, die eher mit dem Zirkel eines Feldmessers gezogen scheinen als mit dem Pinsel eines Malers. Musste man also darauf verzichten, das Naturereignis zu sehen, das der Grund so vielen Umherreisens war? Wäre man gezwungen, die Beobachtung auf das nächste Jahr zu verschieben, oder würde man alles daransetzen, ihr unter anderen Himmeln nachzujagen?

In Wahrheit war dies für Miss Campbell ebenso wie für Olivier Sinclair ein Ärgernis. Beide waren ernstlich in Wut, den Horizont der Hebriden von den Dunstschleiern der offenen See verhangen zu sehen.

So ging es an den ersten vier Tagen dieses nebligen Monats September.

Jeden Abend verfolgten Miss Campbell, Olivier Sinclair, Bruder Sam, Bruder Sib, Dame Bess und Partridge auf einem vom leisen Wogen der Gezeiten umspülten Felsen sitzend gewissenhaft den Sonnenuntergang vor wunderbar leuchtenden Tiefen, prächtigeren zweifellos, als wenn der Himmel vollkommen klar gewesen wäre.

Ein Künstler hätte in die Hände geklatscht angesichts dieser herrlichen Apotheosen, die sich zur Tagesneige entwickelten, dieser in Stufen von einer Wolke zur anderen laufenden blendend schönen Farbskala, vom Violett im Zenit bis zum Goldrot am Horizont, angesichts dieser über Luftgebirge fallenden verblüffenden Lichtkaskade, doch statt aus Felsen bestanden diese Gebirge aus Wolken, welche die Sonnenscheibe verdeckten und mit deren letzten Strahlen auch denjenigen verschluckten, auf den das Auge der Beobachter vergebens wartete.

War das Gestirn dann untergegangen, erhoben sich alle, enttäuscht wie die Zuschauer eines Märchenspiels, dessen letzter Effekt durch einen Fehler des Bühnenmeisters verpatzt wurde, und kehrten auf dem längsten Wege zurück zum Gasthof Weapons of Duncan.

– Bis morgen!, sagte Miss Campbell.

– Bis morgen!, antworteten die beiden Onkel. Wir haben so ein Vorgefühl, dass morgen …

Und jeden Abend hatten die Brüder Melvill ein Vorgefühl, das sich am Ende unweigerlich als Irrtum erwies.

Der 5. September indessen begann mit einem prachtvollen Morgen. Die Morgennebel zerflossen in der Wärme der ersten Sonnenstrahlen.

Das Barometer, dessen Nadel sich seit einigen Tagen Richtung Hoch bewegte, stieg immer noch und blieb bei Schönwetter stehen. Es war bereits nicht mehr heiß genug für den flimmernden Dunst, der an glühenden Sommertagen die Luft erfüllt. Auf Meereshöhe war die Trockenheit der Atmosphäre zu spüren, wie man sie im Gebirge auf einer Höhe von einigen Tausend Fuß in dünner Luft verspürt hätte.

Mit welcher Unruhe sie alle den Verlauf dieses Tages verfolgten, ist unbeschreiblich. Mit welchem Herzklopfen sie beobachteten, ob eine Wolke am Himmel aufzog, lässt sich nicht wiedergeben. Ja, wie angstvoll ihre Blicke an der Bahn hingen, welche die Sonne bei ihrem täglichen Lauf beschreibt – es ausdrücken zu wollen, wäre vermessen gewesen.

Zum Glück kam die leichte, aber stetige Brise vom Land. Indem sie über die Berge im Osten wehte und über die Weideflächen im Hinterland strich, würde sie nicht die Feuchtigkeitsmoleküle aufnehmen können, die von weiten Wasserflächen aufsteigen und abends von den Seewinden hergetragen werden.

Aber wie lang einem der Tag wurde! Miss Campbell hielt es nicht am Platz. Der Gluthitze trotzend, ging sie auf und ab, während Olivier Sinclair auf der Suche nach einem weiteren Horizont über die Höhen der Insel lief. Die beiden Onkel teilten sich eine ganze Tabaksdose, und Partridge, als schiebe er Wache, harrte aus wie ein Feldhüter bei der Beaufsichtigung himmlischer Weiten.

Man hatte vereinbart, an diesem Tag um fünf Uhr zu Abend zu essen, um im Voraus am Beobachtungsposten zu sein. Die Sonne würde erst um sechs Uhr neunundvierzig verschwinden, und man hätte ausreichend Zeit, sie bis zu ihrem Untergang zu verfolgen.

– Ich glaube, dieses Mal haben wir's!, sagte Bruder Sam und rieb sich die Hände.

– Das glaube ich auch!, bekräftigte Bruder Sib mit der gleichen Geste.

Und doch gab es gegen drei Uhr ein Anzeichen von Gefahr. Im Osten stieg eine flockige Wolke auf, die Andeutung eines Kumulus, und zog, getrieben vom ablandigen Wind, zum Ozean.

Miss Campbell hatte sie als Erste entdeckt. Sie konnte einen Aufschrei der Enttäuschung nicht unterdrücken.

– Es ist nur eine einzelne Wolke; wir haben nichts zu befürchten, sagte einer der Onkel. Sie wird sich gewiss gleich auflösen ...

– Oder sie zieht schneller als die Sonne, entgegnete Olivier Sinclair, und verschwindet vor ihr hinter dem Horizont.

– Aber ist diese Wolke nicht der Vorbote einer Nebelbank?, fragte Miss Campbell.

– Das wird sich zeigen.

Und Olivier Sinclair eilte Hals über Kopf zu den Ruinen des Klosters. Von dort reichte sein Blick noch weiter nach Osten, über die Berge von Mull hinweg.

Diese Berge waren gestochen scharf, ihr Kamm glich einer gezackten Bleistiftlinie auf vollkommen weißem Hintergrund.

Am Himmel war kein weiterer Dunst zu sehen, und der deutlich sichtbare Ben More war in dreitausend Fuß über Meereshöhe mit keinem Federbusch aus Nebel geschmückt.

Eine halbe Stunde später war Olivier Sinclair mit beruhigenden Worten zurück. Diese Wolke war nur ein verirrtes Kind der Lüfte, sie würde in dieser trockenen Atmosphäre gar keine Nahrung finden und unterwegs vor Erschöpfung zugrunde gehen.

Unterdessen stieg die weißliche Flocke dem Zenit entgegen. Zum großen Missfallen aller folgte sie dem Weg der Sonne, mit der leichten Brise kam sie ihr näher. Während sie durch den Himmelsraum schwebte, veränderte sich ihr Gefüge im wogenden Luftstrom. Nach der Form eines Hundekopfes, die sie zunächst hatte, nahm sie die einer Fischzeichnung an, einem riesigen Rochen gleich, dann verdichtete sie sich zur Kugel, dunkel in der Mitte, blendend weiß an den Rändern, und erreichte in diesem Moment die Sonnenscheibe.

Ein Schrei entfuhr Miss Campbell, sie warf die Arme gen Himmel.

Das hinter diesem Dunstschirm verborgene Leuchtgestirn sandte der Insel keinen einzigen seiner Strahlen mehr. Außerhalb der direkten Beleuchtung, lag Iona nun in tiefem Schatten.

Doch bald zog der große Schatten weiter. In all ihrem Glanz war die Sonne wieder da. Die Wolke sank zum Horizont. Sie sollte ihn nicht einmal erreichen: Als hätte sich im Himmel ein Loch aufgetan, war sie eine halbe Stunde später verschwunden.

– Endlich, sie hat sich aufgelöst, rief das junge Mädchen, und hoffentlich folgt ihr keine andere!

– Nein, seien Sie unbesorgt, Miss Campbell, erwiderte Olivier Sinclair. Diese Wolke ist so schnell und auf diese Weise verschwunden, weil sie keinen weiteren Dunst in der Atmosphäre angetroffen hat und der ganze Himmelsraum gen Westen absolut klar ist.

Um sechs Uhr abends versammelten sich die Beobachter auf ihrem Posten, an einem Ort mit freier Aussicht.

Er lag an der äußersten Nordspitze der Insel, auf dem höchsten Kamm des Abthügels. Von diesem Gipfel aus konnte der Blick im Osten über das gesamte Hochland der Insel Mull schweifen. Im Norden erschien, wie ein in den Wassern der Hebriden gestrandeter übergroßer Schildkrötenpanzer, die kleine Insel Staffa. Dahinter hoben sich Elva und Gometra vor der langen Küste der großen Insel ab. Gen Westen, Südwesten und Nordwesten lag ausgebreitet das endlose Meer.

Die Sonne sank rasch auf einer schrägen Bahn. Der ganze Horizont zeichnete sich als schwarze Linie ab, die aussah wie mit Tusche gezogen. Auf der gegenüberliegenden Seite flammten sämtliche Fenster von Ionas Häusern auf, wie im Widerschein einer Feuersbrunst aus goldenen Flammen.

Ergriffen von diesem erhabenen Schauspiel, verharrten Miss Campbell und Olivier Sinclair, die Brüder Melvill, Dame Bess und Partridge in Schweigen. Mit halb geschlossenen Augen betrachteten sie diese Scheibe, die sich verformte, sich parallel zum Wasser aufblähte und die Gestalt eines riesigen scharlachroten Heißluftballons annahm. Über der offenen See lag nicht der geringste Dunst.

– Ich glaube, diesmal haben wir's, sagte Bruder Sam noch einmal.

– Das glaube ich auch, bestätigte Bruder Sib.

– Still, liebe Onkel!, rief Miss Campbell.

Und sie verstummten und hielten den Atem an, als fürchteten sie, er könnte sich zu einer zarten Wolke verdichten und die Sonnenscheibe verschleiern.

Endlich berührte das Gestirn mit seinem unteren Rand

den Horizont. Es wurde breiter und breiter, als fülle es sich mit einer leuchtenden Flüssigkeit.

Alle verschlangen mit Blicken seine letzten Strahlen.

So lauerte Arago in der Ödnis von Palma vor der spanischen Küste auf das Signalfeuer, das über dem Gipfel der Insel Ibiza erscheinen und ihm ermöglichen sollte, das letzte Dreieck seines Meridians zu schließen!

Ein kleines Segment des oberen Bogens war schließlich alles, was beim Eintauchen in die Meeresfluten von der Sonnenscheibe blieb. In weniger als fünfzehn Sekunden würde der letzte Strahl im Himmelsraum aufblitzen und den Augen, die ihn erwarteten, jenen Eindruck eines paradiesischen Grüns schenken ...

Plötzlich knallte es zweimal unterhalb des Hügels in den Küstenfelsen. Rauch stieg auf, und inmitten seiner Kringel erhob sich, von diesen zur unrechten Zeit abgefeuerten Gewehrschüssen erschreckt, eine ganze Wolke von Seevögeln, Möwen, Silbermöwen und Sturmschwalben.

Die Wolke stieg senkrecht in die Luft, spannte sich wie ein Schirm zwischen den Horizont und die Insel und zog gerade in dem Augenblick vor das verlöschende Gestirn, als dieses seinen letzten Lichtstrahl über die Wasseroberfläche sandte.

In diesem Moment zeigte sich auf einer Klippe, mit rauchendem Gewehr in der Hand und dem Vogelschwarm nachblickend, der unvermeidliche Aristobulus Ursiclos.

– Oh, jetzt reicht es aber!, rief Bruder Sib.

– Was zu viel ist, ist zu viel!, rief Bruder Sam.

– Ich hätte ihn an seinem Felsen hängen lassen sollen, sagte sich Olivier Sinclair. Wenigstens wäre er dann noch dort.

Miss Campbell presste die Lippen zusammen, schaute starr geradeaus und sprach kein einziges Wort.

Ein weiteres Mal, und wieder durch die Schuld von Aristobulus Ursiclos, hatte sie den grünen Blitz verpasst!

An Bord der Clorinda

Am nächsten Tag verließ um sechs Uhr morgens eine reizende Jacht von fünfundvierzig bis fünfzig Tonnen, die *Clorinda*, den kleinen Hafen von Iona und segelte bei leichtem Nordwest aus Richtung Steuerbord hart am Wind auf die offene See hinaus.

Die *Clorinda* trug Miss Campbell, Olivier Sinclair, Bruder Sam, Bruder Sib, Dame Bess und Partridge davon.

Es versteht sich von selbst, dass der verflixte Aristobulus Ursiclos nicht an Bord war.

Nach dem Abenteuer vom Vorabend hatte man Folgendes beschlossen und unverzüglich in die Tat umgesetzt.

Als sie den Abthügel verließen, um in den Gasthof zurückzukehren, hatte Miss Campbell kurz und knapp gesagt:

– Liebe Onkel, da Mister Aristobulus Ursiclos die Absicht hat, trotz allem in Iona zu bleiben, überlassen wir Iona Mister Aristobulus Ursiclos. Ein erstes Mal in Oban, ein zweites Mal hier, immer war es seine Schuld, dass unsere Beobachtung nicht zustande kam. Wir bleiben keinen Tag länger an einem Ort, wo dieser lästige Mensch die Freiheit hat, sich ungebührlich zu benehmen.

An diesem so klar formulierten Vorschlag hatten die Brüder Melvill nichts auszusetzen gehabt. Sie teilten im

Übrigen den allgemeinen Unwillen und verwünschten Aristobulus Ursiclos. Ihr Ehekandidat war entschieden für immer kompromittiert. Nichts brächte Miss Campbell zu ihm zurück. Ab sofort war dieser Plan undurchführbar, auf seine Erfüllung musste verzichtet werden.

– Immerhin, bemerkte Bruder Sam, nachdem er Bruder Sib beiseitegenommen hatte, sind unbedachte Versprechungen keine eisernen Handschellen!

Was mit anderen Worten heißt, dass ein leichtfertig gegebener Eid nie verbindlich sein kann, und Bruder Sib hatte dieser schottischen Redensart mit einer eindeutigen Handbewegung seine uneingeschränkte Zustimmung gegeben.

Als man sich im niedrigen Saal des Weapons of Duncan eine gute Nacht wünschte, sagte Miss Campbell:

– Morgen reisen wir ab. Hier bleibe ich keinen Tag länger!

– Einverstanden, liebe Helena, erwiderte Bruder Sam. Aber wo fahren wir hin?

– Dorthin, wo wir sicher sein können, Mister Ursiclos nicht mehr zu begegnen! Es ist also wichtig, dass niemand erfährt, dass wir Iona verlassen und wohin wir fahren.

– Einverstanden, erwiderte Bruder Sib. Aber, mein liebes Kind, wie reisen wir ab und wohin?

– Wie denn, rief Miss Campbell, wir finden keine Möglichkeit, diese Insel morgen bei Tagesanbruch zu verlassen? Die schottische Küste bietet uns keinen unbewohnten, ja unbewohnbaren Flecken Erde, wo wir in Frieden unsere Beobachtung fortsetzen können?

Sicher hätten die Brüder Melvill alle beide nichts zu antworten gewusst auf diese doppelte Frage, die in einem Ton gestellt worden war, der weder Vorwand noch Ausflucht zuließ.

Zum Glück war Olivier Sinclair da.

– Miss Campbell, sagte er, das lässt sich alles einrichten, und zwar folgendermaßen. Hier in der Nähe liegt eine Insel, oder vielmehr ein Inselchen, das sich sehr gut für unsere Beobachtungen eignet und wo uns kein einziger Störenfried behelligen wird.

– Welche Insel?

– Staffa, die Sie höchstens zwei Meilen nördlich von Iona liegen sehen können.

– Lässt es sich dort leben, und ist es möglich, dorthin zu kommen?, fragte Miss Campbell.

– Ja, erwiderte Olivier Sinclair, und zwar ganz leicht. Im Hafen von Iona habe ich eine dieser Jachten gesehen, die stets bereit sind, aufs Meer hinauszufahren, wie man sie in der schönen Jahreszeit in sämtlichen englischen Häfen findet. Ihr Kapitän und seine Mannschaft stehen dem erstbesten Touristen zur Verfügung, der ihre Dienste für den Ärmelkanal, die Nordsee oder die Irische See in Anspruch nehmen möchte. Nun, wer hindert uns daran, diese Jacht zu chartern, sie mit Vorräten für zwei Wochen zu bestücken, da auf Staffa nichts zu haben ist, und gleich morgen beim ersten Tageslicht aufzubrechen?

– Mister Sinclair, erwiderte Miss Campbell, wenn der Plan gelingt, morgen diese Insel unbemerkt zu verlassen, bin ich Ihnen zutiefst dankbar, das können Sie mir glauben.

– Noch vor zwölf Uhr mittags, vorausgesetzt, dass mit Tagesanbruch eine leichte Brise aufkommt, sind wir morgen in Staffa, erwiderte Olivier Sinclair, und abgesehen vom Besuch der Touristen, der zweimal in der Woche kaum eine Stunde dauert, wird uns dort niemand stören.

Der Gewohnheit der Brüder Melvill gemäß erklangen sogleich die Spitznamen der Haushälterin:

– Bet!

– Beth!

– Bess!

– Betsey!

– Betty!

Dame Bess erschien auf der Stelle.

– Wir reisen morgen ab!, sagte Bruder Sam.

– Gleich bei Tagesanbruch!, ergänzte Bruder Sib.

Woraufhin Dame Bess und Partridge, ohne weiter zu fragen, unverzüglich die Abreise vorbereiteten.

Währenddessen begab sich Olivier Sinclair zum Hafen und traf dort seine Abmachungen mit John Olduck.

John Olduck war der Kapitän der *Clorinda*, ein echter Seemann, auf dem Kopf die traditionelle flache Schirmmütze mit Goldkordel, gekleidet in die typische Jacke mit Metallknöpfen und die Hose aus grobem blauem Tuch. Kaum war der Handel geschlossen, machte er mit seinen sechs Männern alles zum Auslaufen klar – mit sechs jener erstklassigen Matrosen, die im Winter Fischer von Beruf sind und im Sommer, sämtlichen Seeleuten anderer Landstriche unbestreitbar überlegen, den Segelbetrieb versehen.

Um sechs Uhr morgens gingen die neuen Passagiere der *Clorinda* an Bord, ohne irgendjemandem gesagt zu haben, wohin die Jacht segeln würde. Man hatte alle möglichen Lebensmittel eingesackt, frisches und konserviertes Fleisch sowie erhältliche Getränke. Ansonsten konnte der Koch der *Clorinda* sich immer noch bei dem regelmäßig

zwischen Oban und Staffa verkehrenden Steamer neu eindecken.

So hatte Miss Campbell bei Tagesanbruch eine reizende, schmucke Kajüte im Heck der Jacht in Besitz genommen. Die beiden Brüder belegten die im breitesten Teil des kleinen Schiffes bequem eingerichteten Liegen der *main cabin* hinter dem Salon. Olivier Sinclair begnügte sich mit einer Kabine, die geschickt in den Winkel der Treppe eingepasst war, welche in den Salon führte. Auf der rechten und der linken Seite der Mannschaftsmesse, durch die der untere Teil des Großmastes lief, verfügten Dame Bess und Partridge über zwei Kojen, eine hinter der Offiziersmesse und eine hinter der Kajüte des Kapitäns. Weiter vorne lag die Küche, wo der Schiffskoch hauste. Noch weiter vorne der mit seinen Hängematten für sechs Matrosen ausgerüstete Mannschaftsraum. Diesem von Ratsey aus Cowes gebauten hübschen Zweimaster fehlte es an nichts. Bei ruhiger See und ordentlicher Brise hatte er bei den Regatten des »Royal Thames Yacht Club« stets einen ehrenvollen Rang belegt.

Es war für alle eine wahre Freude, als die mit gelichtetem Anker zum Auslaufen bereite *Clorinda* in Großsegel, Besansegel, Vorsegel, Fock und Klüver Wind aufnahm. Sie neigte sich anmutig in der Brise, ohne dass ihr helles Deck aus kanadischer Fichte einen einzigen Spritzer bekam von den flachen Wogen, durch die ein senkrecht zur Wasserfläche geschnittener Vordersteven pflügte.

Die Entfernung zwischen den beiden kleinen Hebriden Iona und Staffa ist sehr gering. Bei ordentlichem Wind hätte eine Jacht, die ohne zu großen Druck mühelos ihre acht Meilen in der Stunde zurücklegt, nur zwanzig bis fünfundzwanzig Minuten dafür gebraucht. Doch im Augenblick herrschte Gegenwind, im Übrigen höchstens eine leichte Brise; außerdem sank das Wasser, und das Boot musste einige Male gegen einen recht starken Ebbstrom kreuzen, bevor es auf der Höhe von Staffa lag.

Miss Campbell war das allerdings ziemlich gleichgültig. Die *Clorinda* war ausgelaufen, das war die Hauptsache. Eine Stunde darauf verschwand Iona in den Morgennebeln und mit ihr das verabscheute Bild dieses Spielverderbers, den Helena am liebsten mitsamt seinem Namen vergessen wollte.

Und sie sagte rundheraus zu ihren Onkeln:

– Habe ich nicht recht, Papa Sam?

– Vollkommen recht, liebe Helena.

– Stimmt Mama Sib mir etwa nicht zu?

– Absolut.

– Nun denn, sagte sie und umarmte die beiden, dann sind wir uns ja einig, dass die Onkel, die mir einen solchen Mann verpassen wollten, keine besonders gute Idee hatten!

Und alle beide gaben es zu.

Mit einem Wort, es war eine zauberhafte Seefahrt, die nur den Fehler hatte, zu kurz zu sein. Und wer hinderte die Passagiere denn daran, die Fahrt zu verlängern, den Zweimaster dem grünen Blitz entgegensegeln zu lassen und das Phänomen im offenen Atlantik zu suchen? Aber nein! Es war beschlossene Sache, dass man nach Staffa fahren würde, und John Olduck traf seine Anordnungen, um dieses unter allen Hebriden berühmte Eiland mit Einsetzen der Flut zu erreichen.

Gegen acht Uhr wurde im Speiseraum der *Clorinda* das Frühstück serviert, bestehend aus Tee, Butter und Sandwiches. Die gut gelaunte Tischgesellschaft genoss fröhlich die Kost an Bord, ohne die des Gasthofs von Iona zu vermissen. Die Undankbaren!

Als Miss Campbell wieder an Deck gestiegen war, hatte die Jacht den Kurs geändert. Nun hielt sie auf den prachtvollen Leuchtturm auf der Klippe Skerryvore zu, der sein erstklassiges Feuer in hundertfünfzig Fuß Meereshöhe aussendet. Der Wind hatte aufgefrischt, die *Clorinda* kämpfte also unter ihren großen weißen Segeln gegen den Ebbstrom an, kam jedoch kaum Richtung Staffa voran. Und doch »schnitt sie die Feder«, um das Tempo ihrer Fahrt auf schottische Weise zu bezeichnen.

Miss Campbell lag halb ausgestreckt im Heck auf einem jener dicken Kissen aus grober Leinwand, die an Bord britischer Ausflugsboote gebräuchlich sind. Sie berauschte sich an dieser Schnelligkeit, die weder von den Unebenheiten einer Straße noch den Erschütterungen einer *railway* gestört wurde, der Schnelligkeit eines Schlittschuhläufers, der über einen zugefrorenen See fliegt. Auf diesen sanft schäumenden Fluten gab es keinen anmutigeren Anblick als die leicht geneigte, im Seegang auf und nieder steigende elegante *Clorinda*. Wie ein von mächtigen Schwingen emporgetragener riesiger Vogel schien sie manchmal in der Luft zu schweben.

Dieses Meer, nördlich und südlich von den großen Hebriden umschlossen, im Osten von einer Küste geschützt, war wie ein Becken im Binnenland, dessen Fluten vom Seewind verschont blieben.

Die Jacht steuerte schräg auf die Insel Staffa zu, einen großen einsamen Felsen vor der Insel Mull, der nicht mehr als hundert Fuß über den Wogen der Hochsee aufragt. Man

konnte meinen, es sei die Insel, die sich vom Fleck bewege, wie sie bald ihre Basaltklippe im Westen, bald die schroff aufgetürmten Felsen an ihrer Ostküste zeigte. Durch eine optische Täuschung schien sie auf ihrem Fundament hin und her zu schwanken, bei den eigenwilligen Winkeln, unter denen die *Clorinda* den Blick auf sie freigab oder verstellte.

Und doch kam die Jacht trotz Ebbe und Wind allmählich voran. Wenn sie nach Westen vordrang, vor die äußersten Landzungen von Mull, wurde sie heftiger vom Meer geschüttelt, doch sie nahm tapfer die ersten Wogen der offenen See und kam dann beim nächsten Kreuzen zurück ins ruhige Wasser, das sie schaukelte wie eine Wiege.

Gegen elf Uhr hatte sich die *Clorinda* weit genug nach Norden hochgearbeitet, um sich nur noch nach Staffa tragen zu lassen. Die Leinen wurden gelöst, der Klüver sank von der Mastspitze herab, und der Kapitän traf seine Anordnungen zum Ankern.

Es gibt in Staffa keinen Hafen, man kann jedoch bei jedem Wind leicht an der Steilküste im Osten anlegen, zwischen Klippen, die eine Umwälzung geologischer Vorzeiten eigenwillig zerbröckelt hat. Bei sehr schlechtem Wetter wäre der Platz für ein Schiff von einiger Tonnage jedoch unhaltbar.

Die *Clorinda* fuhr also ziemlich dicht an diesem Saatfeld schwarzer Basalttrümmer entlang. Gewandt bewegte sie sich voran, zur einen Seite vorbei am Felsen Bouchaillie, dessen gebündelte prismaförmige Säulen das im Augenblick sehr niedrige Meer freigab, und zur anderen vorbei an dem Damm, der die Küste entlangführte. Dort liegt der beste Ankerplatz des Eilands, die Stelle, an der die Touristen nach ihrem Spaziergang über die Höhen von Staffa wieder von den Schiffen abgeholt werden.

Die *Clorinda* glitt in eine kleine Bucht kurz vor dem Eingang der Höhle von Clam-Shell, bei gelösten Leinen neigte sich die Gaffel, das Vorsegel wurde eingeholt, am Landeplatz wurde der Anker gesetzt.

Einen Moment darauf gingen Miss Campbell und ihre Gefährten auf den ersten Basaltstufen links der Höhle an Land. Es gab eine Holztreppe mit Geländer, die vom ersten Felsabsatz auf den runden Rücken der Insel führte.

Alle stiegen hinauf und erreichten das obere Felsplateau.

Nun waren sie auf Staffa, so weit außerhalb der bewohnten Welt, als habe ein Sturm sie auf die einsamste Insel des Stillen Ozeans geworfen.

Staffa

Staffa ist nur ein ödes Eiland, doch die Natur hat es immerhin zum erstaunlichsten des ganzen Hebridenarchipels gemacht. Dieser ovale, mächtige Felsen von einer Meile Länge und einer halben Meile Breite verbirgt unter seinem Panzer wunderbare aus Basalt bestehende Grotten. Deshalb ist es auch ein Treffpunkt für Touristen wie für Geologen. Indessen waren weder Miss Campbell noch die Brüder Melvill bisher auf Staffa gewesen. Nur Olivier Sinclair kannte die Herrlichkeiten der Insel. Er war genau der Richtige, um die anderen bekannt zu machen mit diesem Eiland, dessen Gastfreundschaft sie für einige Tage in Anspruch nehmen wollten.

Der Felsen entstammt einzig und allein der Kristallisation einer gewaltigen Basaltblase, die dort in der Frühzeit der Erdkrustenbildung erstarrt ist. Und das ist lange her. Nach den Erkenntnissen von Helmholtz – welcher Schlussfolgerungen aus den Versuchen von Bischof zur Abkühlung von Basalt zog, der erst bei einer Temperatur von zweitausend Grad schmelzen konnte – mussten bis zu seinem völligen Erkalten tatsächlich mindestens dreihundertfünfzig Millionen Jahre vergehen. Die Erstarrung des Erdballs wird also, nach seinem Übergang vom gasförmigen in den flüssigen Zustand, in sagenhaft weit zurückliegenden Zeiten begonnen haben.

Wäre Aristobulus Ursiclos da gewesen, er hätte genügend Anlass für einen schönen Vortrag über die Naturerscheinungen geologischer Vorzeit gehabt. Aber er war in weiter Ferne, Miss Campbell dachte nicht mehr an ihn, und, wie Bruder Sam zu Bruder Sib sagte:

»Lassen wir diese Fliege ruhig an der Wand!«

Eine typisch schottische Redensart, die der Wendung »keine schlafenden Hunde wecken« entspricht.

Dann sah man sich um und schaute sich fragend an.

– Lasst uns zunächst das neue Gebiet erobern, sagte Olivier Sinclair.

– Ohne zu vergessen, aus welchem Grunde wir gekommen sind, entgegnete Miss Campbell lächelnd.

– Ohne es zu vergessen, das will ich wohl meinen!, rief Olivier Sinclair. Suchen wir uns also einen Beobachtungsposten und schauen wir, wie der Meereshorizont im Westen unserer Insel aussieht.

– Gehen wir, erwiderte Miss Campbell, aber das Wetter ist heute ein wenig neblig, und ich glaube nicht, dass der Sonnenuntergang unter günstigen Bedingungen stattfindet.

– Warten wir ab, Miss Campbell, warten wir ab, wenn es sein muss, bis zum schlechten Wetter der Tagundnachtgleiche.

– Ja, warten wir ab, erwiderten die Brüder Melvill, so lange, bis uns Helena befiehlt, abzureisen.

– Nun, wir haben es nicht eilig, liebe Onkel, erwiderte das junge Mädchen, das seit der Abfahrt von Iona rundum glücklich war. Nein, wir haben es nicht eilig, die Lage die-

L. Benett
HILDIBRAND

ser kleinen Insel ist zauberhaft. Eine Villa mitten auf der Wiese, die wie ein grüner Teppich über der Insel liegt, wäre kein unangenehmer Wohnort, selbst wenn die Stürme, die Amerika uns so großzügig schickt, über die Klippen von Staffa hereinbrechen.

– Hm, machte Onkel Sib, sie müssen schrecklich sein an diesem äußersten Ende des Ozeans!

– Das sind sie wirklich, erwiderte Olivier Sinclair. Staffa ist sämtlichen Winden der offenen See ausgesetzt und bietet nur an der Ostküste Schutz, dort, wo unsere *Clorinda* vor Anker liegt. Die schlechte Jahreszeit dauert in diesem Teil des Atlantiks fast neun Monate.

– Das ist also der Grund, entgegnete Bruder Sam, warum wir hier keinen einzigen Baum sehen. Jede Vegetation muss hier eingehen, wenn sie sich nur ein paar Fuß über den Boden erhebt.

– Nun, zwei oder drei Monate auf diesem Eiland zu leben, würde sich das nicht lohnen?, rief Miss Campbell. Ihr solltet Staffa kaufen, liebe Onkel, wenn die Insel käuflich ist.

Als Onkel, die ihrer Nichte keinen Wunsch versagten, hatten Bruder Sam und Bruder Sib bereits die Hand auf ihre Tasche gelegt, als ginge es darum, einen Kauf abzuschließen.

– Wem gehört Staffa?, fragte Bruder Sib.

– Der Familie der MacDonalds, erwiderte Olivier Sinclair. Sie nehmen zwölf Pfund Pacht im Jahr, aber ich glaube nicht, dass sie die Insel zu irgendeinem Preis hergeben würden.

– Schade!, sagte Miss Campbell, die, wie man weiß, von Natur aus sehr schwärmerisch und nun umso enthusiastischer gestimmt war.

Plaudernd liefen die neuen Gäste von Staffa über den in breiten grünen Wellen wogenden Boden. Dies war keiner der Tage, an denen die Dampfergesellschaft von Oban einen Besuch der kleinen Hebriden vorsah. So hatten Miss Campbell und die Ihren keine lästigen Touristen zu befürchten. Sie waren allein auf dieser verlassenen Klippe. Nur ein paar kleinwüchsige Pferde und ein paar schwarze Kühe weideten das karge Gras des Felsplateaus ab, dessen Lavaströme hier und da durch die dünne Humusschicht drangen. Kein Hüter war zu ihrem Schutz befohlen, und diese Herde vierbeiniger Inselbewohner wurde, wenn überhaupt, von Weitem beaufsichtigt – vielleicht von Iona aus oder sogar, fünfzehn Meilen weiter östlich, von der Küste von Mull.

Eine Behausung war ebenso wenig zu sehen. Nur die Reste einer Strohdachhütte, zerstört von den entsetzlichen Stürmen, die von der Tagundnachtgleiche im September bis zu der im März wüten. Zwölf Pfund sind wahrlich eine schöne Pacht für ein paar Morgen Wiese, deren Gras kurz ist wie bis aufs Schussgarn abgewetzter alter Samt.

Die Inseloberfläche war also schnell erkundet, und man beschäftigte sich bald nur noch damit, den Horizont zu beobachten.

Ganz offensichtlich war an diesem Abend vom Sonnenuntergang nichts zu erwarten. Mit der für Septembertage charakteristischen Unbeständigkeit hatte sich der am Vorabend so klare Himmel erneut in Nebel gehüllt. Gegen sechs Uhr zogen im Westen ein paar rötliche Wolken auf, die nach einer baldigen Störung der Atmosphäre aussahen. Die Brüder Melvill konnten zu ihrem Bedauern sogar feststellen, dass das Barometer der *Clorinda* zum Veränderlichen zurückging, mit einer gewissen Neigung, noch tiefer zu fallen.

Nachdem die Sonne hinter der durch das Gewölk auf offener See gleichsam gezackten Horizontlinie verschwunden war, kehrten denn auch alle an Bord zurück. Die Nacht verging still in dieser kleinen Bucht zwischen den Ausläufern von Clam-Shell.

Am nächsten Tag, dem 7. September, beschloss man, das Eiland ausführlicher zu erkunden. Nach der Erforschung der Oberfläche kam nun der unterirdische Teil an die Reihe. Musste man sich nicht die Zeit vertreiben, da wahres Pech – allein Aristobulus Ursiclos zuzuschreiben – die Beobachtung des Phänomens bis jetzt verhindert hatte? Den Ausflug zu den Höhlen würde man sicher nicht bereuen, zumal gerade jene dieses schmucklose Eiland der Hebriden berühmt gemacht haben.

Der Tag wurde zunächst dazu genutzt, die »Gewölbe« von Clam-Shell zu erforschen, vor denen die Jacht ankerte. Auf Anordnung von Olivier Sinclair bereitete sich der Schiffskoch sogar darauf vor, dort den Lunch zu servieren. Die Gäste konnten sich wie in einem Laderaum fühlen. Tatsächlich gleichen die vierzig bis fünfzig Fuß hohen Prismen, die das Gerüst des Gewölbes bilden, einigermaßen der Konstruktion eines Schiffsbauchs.

Diese Grotte von etwa dreißig Fuß Höhe, fünfzehn Fuß Breite und hundert Fuß Tiefe ist leicht zugänglich. Da ihr Eingang nach Osten liegt, ist sie vor bösen Winden geschützt und wird nicht heimgesucht von den gewaltigen Wellen, welche die Orkane in die anderen Höhlen der Insel peitschen. Deshalb ist sie allerdings vielleicht auch nicht so sehenswert.

Dennoch ist die Anlage dieser Basaltbogen, die eher von Menschenhand als von der Natur gemacht zu sein scheinen, wirklich bewundernswert.

Miss Campbell war von der Besichtigung ganz entzückt. Zweifellos begleitete Olivier Sinclair ihr Staunen vor den Schönheiten von Clam-Shell nicht so sehr mit einem wissenschaftlichen Wortschwall, wie Aristobulus Ursiclos es getan hätte, doch gewiss mit größerem Kunstsinn.

– Ich hätte gerne eine Erinnerung an unseren Besuch von Clam-Shell, sagte Miss Campbell.

– Nichts leichter als das, erwiderte Olivier Sinclair.

Und von der Klippe aus, die am Ende des langen Basaltdamms aufragt, machte er mit wenigen Strichen eine Skizze dieser Höhle. Die Öffnung des unterirdischen Raums, dieser Eindruck eines zum Skelett gewordenen riesigen Meeressäugers, den seine Wände erwecken, die wackelige Stiege, die zum Gipfel der Insel führt, das so stille und klare Wasser am Eingang, durch das der gewaltige Basaltsockel schimmert, all das wurde mit sehr viel Kunstfertigkeit auf das Albumblatt gebracht.

Unten fügte der Maler folgenden Vermerk hinzu, welcher der Sache keinen Abbruch tat:

Für Miss Campbell von Olivier Sinclair
Staffa, 7. September 1881

Nach dem Lunch ließ Kapitän John Olduck das größere der zwei Beiboote der *Clorinda* klarmachen; seine Passagiere nahmen darin Platz und begaben sich am malerischen Saum der Insel entlang zur Schiffshöhle, die so genannt wird, weil in ihr das Wasser steht und sie trockenen Fußes nicht zu besichtigen ist.

Diese Höhle liegt im Südwesten der Insel. Bei hohem Seegang wäre es nicht klug, hineinzufahren, denn das Wasser ist dort in heftigem Aufruhr. Doch an jenem Tag war der Wind, obwohl der Himmel recht drohend aussah, noch nicht aufgefrischt, und die Erkundung war nicht gefährlich.

Als das Beiboot der *Clorinda* vor der Öffnung des tiefen Hohlraums eintraf, ging vor der Insel gerade der Steamer aus Oban vor Anker, der voller Touristen war. Zum Glück konnte dieser Besuch von zwei Stunden, in denen Staffa den Gästen der *Pioneer* gehörte, Miss Campbell und die Ihren nicht weiter stören. Während des Ausflugs der Touristen, der nur in die Fingalshöhle und über die Oberfläche von Staffa führt, blieben sie unentdeckt in der Schiffshöhle. Sie gerieten also nicht in Verlegenheit, mit dieser leicht lärmenden Gesellschaft in Berührung zu kommen – wozu sie sich beglückwünschten, und das mit gutem Grund. Warum sollte Aristobulus Ursiclos nach dem plötzlichen Verschwinden seiner Gefährten für die Rückkehr nach Oban auch nicht den Steamer genommen haben, der gerade Zwischenstopp in Iona gemacht hatte? Eine Begegnung mit ihm galt es um jeden Preis zu vermeiden.

Ob nun am 7. September der ausgestochene Bräutigam unter den Touristen gewesen war oder nicht, nach der Abfahrt des Steamers war jedenfalls niemand mehr da. Als Miss Campbell, die Brüder Melvill und Olivier Sinclair diesen langen Schlauch verlassen hatten, eine Art Tunnel ohne Ausgang, der in eine Basaltmine getrieben zu sein scheint, fanden sie auf dem einsam am Rande des Atlantiks liegenden Felsen Staffa wieder die gewohnte Ruhe vor.

Es wird von einer ganzen Reihe berühmter Höhlen an

verschiedenen Orten des Erdballs berichtet, doch die meisten befinden sich in vulkanischen Regionen. Sie unterscheiden sich durch ihre Herkunft, die entweder neptunisch oder plutonisch ist.

Tatsächlich wurden die neptunischen Hohlräume vom Wasser gegraben, das nach und nach offensichtlich sogar Granitmassen angreift und abschleift, bis sie zu gewaltigen Schächten geworden sind: So ist es mit den Höhlen von Crozon in der Bretagne, denen von Bonifacio auf Korsika, von Torghatten in Norwegen, von Saint-Michel in Gibraltar, von Scratchell an der Küste der Isle of Wight, von Tourane in den Marmorklippen der Küste von Cochinchina.

Die übrigen, mit ganz anderer Entstehungsgeschichte, haben sich beim Zusammenziehen der Granit- oder Basaltwände infolge der Abkühlung vulkanischen Felsgesteins gebildet und offenbaren in ihrem Aufbau eine Gewalt, die Höhlen neptunischer Herkunft fehlt.

Bei den ersten hat die ihren Prinzipien getreue Natur Kräfte gespart, bei den zweiten Zeit.

Zu den Schächten, deren Materie im Feuer geologischer Urzeiten gekocht hat, gehört die berühmte Höhle des Fingal – Fingal's Cave, wie der prosaische englische Name lautet.

Der Erkundung dieses Erdenwunders sollte der nächste Tag gehören.

Die Höhle des Fingal

Wäre der Kapitän der *Clorinda* während der letzten vierundzwanzig Stunden in einem der Häfen des Vereinigten Königreichs gewesen, hätte er von einem Wetterbericht gehört, der für Schiffe auf dem Weg über den Atlantik nicht sehr beruhigend war.

Tatsächlich war über das Kabel aus New York ein Sturm gemeldet worden. Nachdem er den Ozean von Westen nach Nordosten überquert hatte, drohte er sich mit voller Wucht auf die Küste von Irland und Schottland zu stürzen, bevor er sich jenseits der norwegischen Küsten verflüchtigen würde.

Doch auch ohne jenes Telegramm zeigte das Barometer der Jacht eine baldige schwere Störung der Atmosphäre, der ein umsichtiger Seemann Rechnung tragen musste.

Am Morgen des 8. September begab sich also John Olduck ein wenig beunruhigt auf die Klippen im Westen von Staffa, um nach dem Zustand von Himmel und Meer zu sehen.

Wolken mit nicht sehr scharfen Umrissen, eher Nebelfetzen, jagten bereits mit großer Geschwindigkeit dahin. Der Wind nahm zu und musste binnen Kurzem zum Sturm werden. Auf offener See trug das Wasser weiße Schaumkronen; dröhnend zerschellten die Wellen an den Basaltpfählen, die spitz aus den Grundfesten des Eilands ragen.

John Olduck war alles andere als beruhigt. Obwohl die *Clorinda* in der Bucht von Clam-Shell relativ geschützt lag, war das, selbst für ein kleines Schiff, kein sicherer Ankerplatz. Die Wucht der zwischen die vorgelagerten kleinen Inseln und den Damm im Osten drängenden Wasserfluten würde eine fürchterliche Brandung erzeugen, welche die Lage der Jacht ziemlich gefährlich machte. Es musste also ein Entschluss gefasst werden, und zwar bevor die Fahrrinnen unpassierbar würden. Zurück an Bord, teilte der Kapitän seinen Passagieren mit, dass er sich bei seinen Befürchtungen gezwungen sah, so bald wie möglich den Anker zu lichten. Ein paar Stunden später liefe man Gefahr, in der fünfzehn Meilen breiten Meerenge, die Staffa von der Insel Mull trennt, eine tobende See vorzufinden. Denn hinter dieser Insel musste Schutz gesucht werden, und zwar im kleinen Hafen Achnagraig, wo die *Clorinda* von den Seewinden nichts zu befürchten hatte.

– Staffa verlassen!, rief Miss Campbell als Erstes. Einen so herrlichen Horizont aufgeben!

– Ich glaube, es wäre sehr gefährlich, bei Clam-Shell vor Anker zu bleiben, erwiderte John Olduck.

– Wenn es doch sein muss, liebe Helena!, sagte Bruder Sam.

– Ja, wenn es doch sein muss!, setzte Bruder Sib hinzu.

Olivier Sinclair, der sah, wie unerfreulich diese überstürzte Abreise für Miss Campbell wäre, beeilte sich zu fragen:

– Wie lange wird dieser Sturm Ihrer Meinung nach dauern, Kapitän Olduck?

– In dieser Jahreszeit höchstens zwei oder drei Tage, erwiderte der Kapitän.

– Und Sie halten es für nötig, abzureisen?

– Dringend nötig.

– Wie sähe Ihr Plan aus?

– Noch heute Morgen den Anker lichten. Mit dem auffrischenden Wind können wir noch vor heute Abend in Achnagraig sein, und sobald das Unwetter vorüber ist, kehren wir nach Staffa zurück.

– Warum fahren wir nicht gleich zurück nach Iona, wo die *Clorinda* doch in einer Stunde wäre?, fragte Bruder Sam.

– Nein ... nein ... nicht nach Iona!, widersprach Miss Campbell, vor der sich schon das Gespenst von Aristobulus Ursiclos erhob.

– Im Hafen von Iona wären wir nicht viel sicherer als am Ankerplatz von Staffa, wandte John Olduck ein.

– Nun, sagte Olivier Sinclair, dann brechen Sie auf, Kapitän, segeln Sie unverzüglich nach Achnagraig, und lassen Sie uns auf Staffa zurück.

– Auf Staffa!, erwiderte John Olduck, wo Sie nicht einmal ein Haus zu Ihrem Schutz haben!

– Reicht nicht für ein paar Tage die Höhle von Clam-Shell?, entgegnete Olivier Sinclair. Was wird uns da schon fehlen? Nichts! Wir haben genügend Vorräte an Bord, das Bettzeug unserer Kojen, Kleidung zum Wechseln, alles, was man ausladen kann, und schließlich einen Koch, der mit dem größten Vergnügen bei uns bleiben wird!

– Ja! ... Ja! ..., rief Miss Campbell und klatschte in die Hände, brechen Sie auf, Kapitän, segeln Sie unverzüglich mit Ihrer Jacht nach Achnagraig, und lassen Sie uns auf Staffa zurück. Wir wollen hier wie Ausgesetzte auf einer einsamen Insel sein. Wir werden das Leben freiwilliger Schiffbrüchiger führen. Mit den Gefühlen, den bangen Gedanken, den

Qualen jener Robinsons, die weit vor ihrer Insel ein Schiff sichten, werden wir auf die Rückkehr der *Clorinda* lauern. Was hofften wir hier zu finden? Einen Roman, nicht wahr, Mister Sinclair, und was ist romanhafter als diese Situation, liebe Onkel? Und im Übrigen, ein Sturm, ein heftiger Wind auf diesem poetischen Eiland, die Wutausbrüche eines Meeres im hohen Norden, der ossianische Kampf der entfesselten Elemente, mein ganzes Leben lang würde ich mir vorwerfen, dieses erhabene Schauspiel versäumt zu haben! So brechen Sie doch auf, Kapitän Olduck! Wir bleiben hier und warten auf Sie.

– Aber ... Dieses zaghafte Wort entschlüpfte den Brüdern Melvill beinahe gleichzeitig.

– Mir scheint, meine Onkel haben etwas einzuwenden, erwiderte Miss Campbell. Doch ich glaube, ich habe ein Mittel, sie zu überzeugen.

Und sie gab beiden ihren Morgenkuss:

– Der ist für Sie, Onkel Sam. Der ist für Sie, Bruder Sib. Ich wette, jetzt könnt ihr nichts mehr sagen.

Sie dachten nicht einmal mehr daran, den geringsten Einwand vorzubringen. Wieso nicht auf Staffa bleiben, da es ihrer Nichte ja gefiel? Warum waren sie nicht gleich auf diese so einfache, so selbstverständliche Idee gekommen, die alle Interessen wahrte?

Die Idee kam jedoch von Olivier Sinclair, und Miss Campbell fühlte sich ihm ganz besonders zu Dank verpflichtet.

Nachdem die Entscheidung gefallen war, holten die Matrosen die Dinge von Bord, die für einen Aufenthalt auf der Insel nötig waren. Clam-Shell wurde in eine provisorische Behausung mit dem Namen Melvill House verwandelt. Man wäre dort ebenso gut und sogar besser untergebracht als im Gasthof von Iona. Der Koch übernahm es, sich eine geeignete Wirkungsstätte in einer offensichtlich zu diesem Gebrauch bestimmten Vertiefung am Eingang der Grotte einzurichten.

Dann verließen Miss Campbell und Olivier Sinclair, die Brüder Melvill, Dame Bess und Partridge die *Clorinda*, nachdem John Olduck ihnen das kleine Beiboot der Jacht zur Verfügung gestellt hatte, das sie gut gebrauchen konnten, um von einer Klippe zur anderen zu fahren.

Eine Stunde später lichtete die *Clorinda* mit doppelt gerefften Segeln, eingeholtem Klüver und ihrer kleinen Schlechtwetterfock den Anker zur Umrundung der Nordspitze von Mull, um durch die Meerenge zwischen Insel und Festland Achnagraig zu erreichen. Ihre Passagiere sahen ihr von der Anhöhe von Staffa aus so lange wie möglich nach. Sie duckte sich unter dem Wind wie eine Möwe, deren Flügel die Wellen streifen, und war eine halbe Stunde darauf hinter der kleinen Insel Gometra verschwunden.

Zwar drohte schlechtes Wetter, doch der Himmel sah nicht düster aus. Noch drang die Sonne durch große Löcher, die der Wind in die Wolkendecke am Zenit riss. Man konnte über die Insel spazieren und sie umrunden, indem man am Fuß der Basaltklippen entlangwanderte. So war Miss Campbell und den Brüdern Melvill vor allem daran gelegen, sich unter der Führung von Olivier Sinclair zur Fingalshöhle zu begeben.

Die Touristen, die aus Iona kommen, besichtigen diese Höhle für gewöhnlich in den Beibooten des Steamers aus Oban; es ist jedoch möglich, bis ins Innerste vorzudringen, indem man rechts auf den Felsen an Land geht, wo sich eine Art begehbarer Kai befindet.

Deshalb beschloss Olivier Sinclair, diese Erkundung zu machen, ohne das Beiboot der *Clorinda* zu benutzen.

Und so verließen sie Clam-Shell. Sie nahmen den Damm, der im Osten der Insel an der Küste entlangläuft. Als hätte ein Ingenieur dort Basaltpfeiler eingeschlagen, bildeten die oberen Enden der senkrechten Säulenschäfte am Fuß der hohen Klippen ein festes und trockenes Pflaster. Während man plauderte und die kleinen Inseln bewunderte, die liebkost wurden von einer Brandung, in deren grünem Wasser man bis auf den Grund sehen konnte, war dieser Spaziergang in wenigen Minuten gemacht. Es ließe sich kein prächtigerer Weg denken zu dieser Höhle, die einem Helden aus *Tausendundeiner Nacht* als Wohnstatt zur Ehre gereichen würde.

Am südöstlichen Zipfel der Insel ließ Olivier Sinclair seine Gefährten mehrere natürliche Stufen hinaufsteigen, die auch zur Treppe eines Palastes getaugt hätten.

Am Rande des Treppenabsatzes ragen die äußeren Pfeiler auf, an den Wänden der Höhle gruppiert wie die des kleinen Vestatempels in Rom, doch dicht aneinandergesetzt, sodass sie das gewaltige Werk verbergen. Darauf ruht das ungeheure Felsmassiv, aus dem dieser Teil der Insel besteht. Die schrägen Spalten dieser Felsen, die geometrisch wie Gewölbesteine angeordnet scheinen, bilden einen eigenartigen Gegensatz zu der Senkrechten der Säulen, auf denen das Massiv liegt.

Als atme es schwer, hob und senkte sich am Fuße der Stufen langsam das bereits den Aufruhr der offenen See spürende, nicht mehr ganz stille Meer. Darin spiegelte sich der gesamte Unterbau des Felsmassivs, dessen schwärzlicher Schatten sanft wogend unter den Fluten lag.

Am oberen Absatz angekommen, wandte sich Olivier Sinclair nach links und zeigte Miss Campbell eine Art schmalen Kai, oder vielmehr einen natürlichen Gehsteig, der bis ans Ende der Höhle an der Wand entlanglief. Ein Geländer aus in den Basalt eingelassenen Eisenstreben bot zwischen dem Mauerwerk und der scharfen Kante des kleinen Kais einen Handlauf.

– Ach, sagte Miss Campbell, dieses Geländer verdirbt mir doch ein wenig den Fingalspalast!

– In der Tat, erwiderte Olivier Sinclair, es ist der Eingriff des Menschen in das Werk der Natur.

– Wenn er von Vorteil ist, muss man ihn benutzen, sagte Bruder Sam.

– Und ich benutze ihn!, setzte Bruder Sib hinzu.

Auf der Schwelle von Fingal's Cave blieben die Besucher auf den Rat ihres Führers hin stehen.

Hoch und tief hinein öffnete sich vor ihnen eine Art Kirchenschiff, das von einem geheimnisvollen Halbdunkel erfüllt war. Der Abstand der beiden Seitenwände betrug auf Meereshöhe ungefähr vierunddreißig Fuß. Wie in bestimmten Kathedralen der letzten Periode der Gotik verbargen rechts und links Basaltpfeiler, einer an den anderen gedrängt, die massiven Stützmauern. Auf dem Kapitell dieser Pfeiler lasteten die Anläufe eines riesigen Spitzbogengewölbes, das sich in seinem Schlussstein fünfzig Fuß über die mittlere Meereshöhe erhob.

Entzückt von diesem ersten Eindruck, mussten sich Miss Campbell und ihre Gefährten schließlich von ihrer Betrachtung losreißen und jenem Sims folgen, der innen den Gehsteig bildet.

Wie die Hervorbringungen einer gigantischen Kristallisation reihen sich dort in vollkommener Gliederung Hunderte prismenförmiger, jedoch unterschiedlich großer Säulen aneinander! Ihre feinen Kanten zeichnen sich so deutlich ab, als hätte ein Stuckateur ihre Linien geformt. In die zurückweichenden Winkel der einen fügen sich geometrisch die heraustretenden Ecken der anderen. Manche haben drei Seiten, andere vier, fünf, sechs, und bis zu sieben oder acht, was in die grundsätzliche stilistische Strenge eine Vielfalt bringt, die den Kunstsinn der Natur beweist.

Auf all diesen Flächen spielte das von außen einfallende Licht. Vom Wasser in der Höhle eingefangen und wie von einem Spiegel zurückgeworfen, die versunkenen Steine und die grün, dunkelrot oder hellgelb getönten Wasserpflanzen tränkend, entflammte es in tausendfachem Glanz die Vorsprünge der Basaltfelsen, die in unregelmäßigen Kassetten das Gewölbe jener Gruft bilden, die auf der Welt ihresgleichen sucht.

Innen herrschte eine Art klangvolle Stille – wenn es gestattet ist, diese beiden Worte zu verbinden –, jene tiefen, unterirdischen Räumen besonders eigene Stille, welche die Besucher nicht zu brechen wagten. Nur der Wind strich dort mit dem Tönen jener langen Akkorde umher, die aus einer melancholischen Folge allmählich anschwellender und wieder ersterbender kleiner Septimen zu bestehen scheinen. Man hätte meinen können, unter seinem mächtigen Atem höre man all diese Prismen erklingen wie die Zungen einer ungeheuren Harmonika. Ist dieser wundersamen Erscheinung nicht der Name An-Na-Vine zu verdanken, »die klingende Grotte«, wie diese Höhle in keltischer Sprache heißt?

– Und welcher Name könnte besser zu ihr passen?, sagte Olivier Sinclair. Schließlich war Fingal doch der Vater von

Ossian, dessen Genie es verstanden hat, Dichtung und Musik in einer einzigen Kunst zu verschmelzen.

– Gewiss, erwiderte Bruder Sam. Doch wie Ossian selbst sagte: »Wann wird mein Ohr den Gesang der Barden hören? Wann wird mein Herz klopfen beim Bericht von den Taten meiner Väter? Die Harfe erklingt nicht mehr in den Wäldern von Sebora!«

– Ja, setzte Bruder Sib hinzu. »Nun ist der Palast leer, und die Gesänge von einst werden nicht mehr in ihm widerhallen!«

Die gesamte Tiefe der Höhle wird auf ungefähr hundertfünfzig Fuß geschätzt. Am Ende des Kirchenschiffs erscheint eine Art Orgelgehäuse, wo eine gewisse Anzahl von Säulen steht, die kleiner sind als am Eingang, jedoch von gleicher gestalterischer Vollkommenheit.

Dort wollten Olivier Sinclair, Miss Campbell und ihre beiden Onkel einen Augenblick verweilen.

Von dieser Stelle aus hatte man eine wunderbare Aussicht auf den Himmel. Das lichtdurchtränkte Wasser ließ die Beschaffenheit des Meeresgrundes durchscheinen, der aus Säulenschäften bestand, welche vier bis sieben Seiten hatten und einer neben dem anderen gefügt waren wie die Platten eines Mosaiks. An den Wänden entstanden erstaunliche Spiele von Licht und Schatten. Wenn eine Wolke vor die Öffnung der Höhle sank wie ein Gazevorhang vor eine Bühne, erlosch alles. Dagegen erstrahlte alles in den sieben Farben des Prismas, wenn das Sonnenlicht hereinflutete und, gespiegelt von dem Kristall am Grund, in langen, leuchtenden Flecken bis an den höchsten Punkt des Kirchenschiffes stieg.

Dahinter brandete das Meer an die ersten Stufen des gigantischen Bogens. Dieser Rahmen, schwarz wie eine Einfassung aus Ebenholz, brachte die Tiefe des Bildes vollends zur Geltung. Dahinter lag in all seiner Herrlichkeit der Horizont von Himmel und Meer mit der Aussicht auf Iona, wo zwei Meilen entfernt auf offener See weiß die Ruinen des Klosters leuchteten.

Diese märchenhafte Szenerie versetzte alle so in Verzückung, dass sie gar nicht wussten, wie sie ihre Eindrücke in Worte fassen sollten.

– Was für ein Zauberpalast!, sagte schließlich Miss Campbell. Und wie prosaisch wäre ein Kopf, der nicht glauben wollte, dass ein Gott ihn für Elfen und Nixen geschaffen hat! Für wen sollten sonst die Klänge dieser großen Äolsharfe im Wind ertönen? Ist das nicht die übernatürliche Musik, die Waverley in seinen Träumen hörte, jene Stimme von Selma, deren Akkorde unser Romancier in Noten gesetzt hat, um seine Helden damit in den Schlaf zu wiegen?

– Sie haben recht, Miss Campbell, antwortete Olivier, und sicher hatte Walter Scott, als er seine Bilder in der poetischen Vergangenheit der Highlands suchte, den Fingalspalast im Sinn.

– Hier würde ich gerne den Geist von Ossian beschwören!, fiel das junge Mädchen begeistert ein. Warum sollte der unsichtbare Barde nach fünfzehn Jahrhunderten Schlaf nicht beim Klang meiner Stimme wieder erscheinen? Ich liebe die Vorstellung, dass der Unglückliche, blind wie Homer, Dichter wie er, die großen Heldentaten seiner Zeit besingend, sich mehr als einmal in diesen Palast geflüchtet hat, der immer noch den Namen seines Vaters trägt! Gewiss hat das Echo Fingals hier oft die epischen und lyrischen Eingebungen Ossians im reinsten Ton der gälischen Sprache

erwidert. Glauben Sie nicht, Mister Sinclair, dass der alte Ossian sich genau an den Platz gesetzt hat, an dem wir stehen, und dass seine Harfentöne sich mit dem rauen Klang von Selmas Stimme vermischt haben?

– Wie sollte man nicht glauben, Miss Campbell, erwiderte Olivier Sinclair, was Sie in solchem Brustton der Überzeugung sagen?

– Wenn ich ihn nun riefe?, murmelte Miss Campbell.

Und mit ihrer klaren Stimme ließ sie mehrmals den Namen des alten Barden durch das Brausen des Windes schallen.

Doch was auch immer Miss Campbell ersehnte, und obwohl sie ihn dreimal gerufen hatte, es antwortete nur das Echo. Der Geist Ossians erschien nicht im väterlichen Palast.

Unterdessen war die Sonne hinter dichten Nebelschwaden verschwunden, die Grotte füllte sich mit dunklen Schatten, die See draußen wurde allmählich rauer: Schon brachen sich ihre langen Wogen krachend auf den letzten Basaltfelsen im tiefsten Inneren.

So nahmen die Besucher wieder den halb von der Gischt bedeckten schmalen Steig, sie gingen um das heftig umtoste Ende des Eilands herum, auf das der Wind vom offenen Meer traf, und gelangten dann augenblicklich wieder in den Windschatten des Damms.

Das Wetter hatte sich seit zwei Stunden merklich verschlechtert. Der Sturm brach über die Küste Schottlands herein und drohte zum Orkan zu werden.

Doch im Schutz der Basaltfelsen konnten Miss Campbell und ihre Gefährten Clam-Shell mühelos erreichen.

Am nächsten Tag brach der Wind unter erneutem Absinken des Barometers mit großem Ungestüm los. Mächtigere, grauere Wolken ballten sich zusammen und hingen tiefer am Himmel als zuvor. Noch fiel kein Regen, doch die Sonne zeigte sich nicht mehr, nicht einmal gelegentlich.

Miss Campbell schien über diese Störung nicht so verärgert, wie man hätte meinen können. Dieses Leben auf einem vom Sturm gepeitschten verlassenen Eiland passte zu ihrem leidenschaftlichen Wesen. Wie eine Heldin von Walter Scott liebte sie es, in neue Gedanken versunken, zumeist allein in den Klippen von Staffa umherzustreifen, und jeder gönnte ihr die Einsamkeit.

Mehrmals kehrte sie auch zurück zur Fingalshöhle, angezogen von deren poetischer Eigenart. Stundenlang träumte sie dort vor sich hin und ignorierte die Empfehlungen, sich nicht unbedacht hineinzuwagen.

Am nächsten Tag, dem 9. September, erreichte das Tief in seinem ganzen Ausmaß die schottische Küste. In diesem Zentrum des Sturms jagten die Luftströme mit einer Gewalt heran, die nicht ihresgleichen hatte. Es war ein Orkan. Auf dem Felsplateau der Insel konnte man ihm unmöglich standhalten.

Gegen sieben Uhr abends, als in Clam-Shell das Essen auf dem Tisch stand, hatten Olivier Sinclair und die Brüder Melvill Anlass zu größter Sorge.

Miss Campbell, die um drei Uhr fortgegangen war, ohne zu sagen, wohin, war noch nicht zurück.

Mit zunehmender Beklommenheit fasste man sich bis sechs Uhr in Geduld ... Miss Campbell tauchte nicht wieder auf.

Mehrmals stieg Olivier Sinclair auf das Felsplateau der Insel ... Er sah keinen Menschen.

Nun brach der Sturm mit unvergleichlicher Wut los, das

Meer türmte sich zu riesigen Wogen auf und schlug unablässig gegen die gesamte Südwestküste der Insel.

– Unglückliche Miss Campbell!, rief plötzlich Olivier Sinclair. Wenn sie noch in der Fingalshöhle ist, muss sie dort herausgeholt werden, sonst ist sie verloren!

Zu Miss Campbell!

Kurz darauf war Olivier Sinclair über den Damm gelaufen und vor dem Eingang der Grotte angelangt, wo die Basalttreppe emporstieg. Die Brüder Melvill und Partridge trafen gleich nach ihm ein.

Dame Bess war in Clam-Shell geblieben, harrte in unbeschreiblichen Ängsten dort aus und bereitete alles vor, um Helena bei ihrer Rückkehr zu empfangen.

Das Meer wogte schon so hoch, dass es den oberen Treppenabsatz bedeckte, es brandete über das Geländer und versperrte den Zugang über den Fußsteig.

So unmöglich es war, in die Höhle hineinzugelangen, so unmöglich war es, sie zu verlassen. Wenn Miss Campbell sich darin befand, war sie gefangen! Doch wie sollte man das erfahren, wie zu ihr gelangen?

– Helena! Helena!

War er zu hören, dieser in das unausgesetzte Tosen der Fluten gerufene Name? In die Höhle schlug gleichsam ein Donnerhall von Wind und Wellen. Weder Stimme noch Blick hatten die Macht, hineinzudringen.

– Vielleicht ist Miss Campbell doch nicht dort drinnen?, sagte Bruder Sam, der sich an diese Hoffnung klammern wollte.

– Aber wo sollte sie denn sonst sein?, erwiderte Bruder Sib.

– Ja! Wo sollte sie sonst sein?, rief Olivier Sinclair. Habe ich sie nicht vergeblich gesucht, auf dem Felsplateau der Insel, in den Küstenklippen, überall? Wäre sie nicht schon wieder bei uns, wenn sie hätte zurückkehren können? Sie ist dort drinnen! ... Dort drinnen!

Und sie dachten an die mehrfach von dem unbesonnenen jungen Mädchen geäußerte Begeisterung und tollkühne Sehnsucht, einen Sturm in der Fingalsgrotte zu erleben. Hatte sie denn nicht bedacht, dass das vom Orkan aufgewühlte Meer die Höhle bis oben hin fluten und ein Gefängnis daraus machen würde, dessen Tür nicht zu brechen wäre?

Was konnte man jetzt unternehmen, um zu ihr zu gelangen und sie zu retten?

Angetrieben von dem Orkan, der auf diesen Teil der Insel einpeitschte, stiegen die Wellen zuweilen bis in das Gewölbe. Dort zerschellten sie mit ohrenbetäubendem Getöse. Schäumend wie Niagarafälle stürzten die vom Aufprall zurückgeworfenen Fluten wieder hinab, doch darunter schossen die durch den hohen Seegang im offenen Meer aufgetürmten Wellen mit einer Gewalt hinein, als wäre der Damm eines Wildbachs plötzlich gebrochen. So schlug das Meer bis ans Ende der Grotte.

An welcher Stelle konnte Miss Campbell eine Zuflucht gefunden haben, die nicht von diesen Wellen angegriffen wurde? Die Apsis der Grotte war ihren Schlägen unmittelbar ausgesetzt, und bei ihrem Auf- und Ablaufen mussten sie unweigerlich den Gehsteig überspülen.

Und doch wollten sie noch immer nicht glauben, dass das

waghalsige junge Mädchen dort wäre! Wie hätte sie dem in diese Sackgasse eindringenden wütenden Meer standhalten sollen? Wäre ihr entstellter, zerrissener, von der Brandung gebeutelter Körper nicht bereits nach draußen geschleudert worden? Hätte die Flut ihn dann nicht an dem Damm und den Riffen entlang bis nach Clam-Shell getrieben?

– Helena! Helena!

Immer noch wurde dieser Name hartnäckig in das Getöse von Wind und Wasserfluten gerufen.

Es kam keine Antwort, und es konnte auch keine kommen.

– Nein! Nein! Sie ist nicht in dieser Höhle!, wiederholten die Brüder Melvill verzweifelt.

– Sie ist dort drinnen!, beharrte Olivier Sinclair.

Und er zeigte auf ein Stück Stoff, das eine ablaufende Welle auf eine der Basaltstufen warf.

Olivier Sinclair stürzte sich auf den Fetzen.

Es war das *snod*, das schottische Band, das Miss Campbell im Haar trug.

Konnte es jetzt noch einen Zweifel geben?

War es denn möglich, dass Miss Campbell, wenn ihr dieses Band weggerissen werden konnte, nicht von demselben Schlag an den Wänden von Fingal's Cave zerschmettert worden war?

– Ich werde es herausfinden!, schrie Olivier Sinclair.

Und ein Zurückfluten nutzend, das den Gehsteig zur Hälfte freilegte, packte er den ersten Pfosten des Geländers, doch ein gewaltiger Wasserschwall riss ihn los und schleuderte ihn auf den Treppenabsatz.

Hätte Partridge nicht sein Leben riskiert und sich auf ihn geworfen, wäre Olivier Sinclair bis zur letzten Stufe gerollt,

L. Benett

und das Meer hätte ihn mitgerissen, ohne dass man ihm hätte helfen können.

Olivier Sinclair hatte sich wieder erhoben. Sein Entschluss, in die Höhle einzudringen, war nicht ins Wanken geraten.

– Miss Campbell ist dort drinnen!, sagte er noch einmal. Sie lebt, denn ihr Körper wurde nicht wie dieser Stofffetzen hinausgeschleudert! Es kann doch sein, dass sie in einer Vertiefung Zuflucht gefunden hat! Aber ihre Kräfte werden schnell verbraucht sein! Bis zum tiefsten Stand der Ebbe kann sie es nicht mehr aushalten! ... Man muss also zu ihr!

– Ich mache es!, sagte Partridge.

– Nein! ... Ich!, erwiderte Olivier Sinclair.

Er würde unter Einsatz äußerster Mittel versuchen, zu Miss Campbell vorzudringen, und doch standen seine Chancen auf Erfolg kaum bei eins zu hundert.

– Warten Sie hier, Gentlemen, sagte er zu den Brüdern Melvill. Wir sind in fünf Minuten zurück. Kommen Sie, Partridge!

Die beiden Onkel blieben am äußersten Ende des Eilands im Schutz der Steilküste, an jener Stelle, die das Meer nicht erreichen konnte, während Olivier Sinclair und Partridge, so schnell sie konnten, zurück nach Clam-Shell liefen.

Es war halb neun Uhr abends.

Als der junge Mann und der alte Diener fünf Minuten später wiederauftauchten, zogen sie das kleine Beiboot der *Clorinda*, das ihnen Kapitän John Olduck dagelassen hatte, über den Damm.

Würde Olivier Sinclair sich zu Wasser in die Höhle

schleudern lassen, da es ihm versagt war, zu Land hineinzugelangen?

Ja! Er würde es versuchen. Er riskierte dabei sein Leben. Er wusste es – und zögerte keinen Moment.

Das Kanu wurde in einen vor der Brandung geschützten Winkel der Basaltstufen an den Fuß der Treppe gelegt.

– Ich komme mit Ihnen, sagte Partridge.

– Nein, Partridge, widersprach Olivier Sinclair, nein! Ein so kleines Boot darf man nicht unnötig überfrachten! Wenn Miss Campbell noch am Leben ist, reicht es mit mir allein!

– Olivier!, riefen die beiden Onkel, die ihre Tränen nicht zurückhalten konnten. Olivier, retten Sie unsere Tochter!

Der junge Mann drückte ihnen die Hand, dann sprang er ins Boot, setzte sich auf die mittlere Bank, packte die beiden Ruder, steuerte geschickt in das wirbelnde Wasser und wartete einen Moment auf den Rückfluss einer gewaltigen Welle, die ihn vor den Eingang von Fingal's Cave trug.

Dort wurde das Boot emporgehoben, aber Olivier Sinclair gelang es durch ein geschicktes Manöver, es auf Kurs zu halten; wenn es sich quer gelegt hätte, wäre es unweigerlich gekentert.

Beim ersten Mal zog das Meer das zerbrechliche Gefährt fast auf die Höhe des Gewölbes. Man meinte, diese Nussschale müsste an den Felsmassen zerschellen, doch beim Ablaufen trug die Welle sie mit unwiderstehlichem Sog wieder aufs offene Meer zurück.

Drei Mal wurde das Boot so hin und her geworfen, zur Höhle geschleudert und wieder zurückgetragen, ohne einen Weg durch die Wasserfluten gefunden zu haben, wel-

che die Öffnung versperrten. Olivier Sinclair bewahrte die Ruhe und behauptete sich mit seinen Rudern.

Schließlich hob ein noch höherer Wellenberg den Kahn empor, für einen Augenblick schwankte er auf diesem flüssigen Rücken fast auf Höhe des Felsplateaus der Insel; dann öffnete sich ein tiefer Abgrund bis zum Boden der Grotte, und Olivier Sinclair wurde auf schräger Bahn hinabgerissen, als sause er über einen Wasserfall.

Den Zeugen dieser Szene entfuhr ein Entsetzensschrei. Es schien, als werde das Boot unweigerlich an den Pfeilern links vom Eingang zerschellen.

Doch der unerschrockene junge Mann richtete seinen Kahn mit einem Ruderschlag wieder aus, die Öffnung lag nun frei, und pfeilschnell verschwand er im Inneren der Höhle, kurz bevor das Meer sich in einer gewaltigen Masse wieder erhob.

Eine Sekunde darauf ging der Wasserfall wie eine Lawine nieder und brandete bis zur Oberkante des Eilands.

Würde das Boot im Inneren zerschellen, und war nun mit zwei Opfern zu rechnen anstatt mit einem?

Weit gefehlt. Olivier Sinclair war hineingeschnellt, ohne gegen die unebene Decke des Gewölbes zu stoßen. Er hatte sich flach in das Gefährt gelegt, und so war ihm der Aufprall auf die vorstehenden Säulengruppen erspart geblieben. In einer Sekunde hatte er die gegenüberliegende Wand erreicht und befürchtete nur, von der Gegenströmung wieder hinausgetragen zu werden, ohne sich im Inneren an einen Vorsprung klammern zu können.

Glücklicherweise war das Boot gegen die Pfeiler jenes Orgelgehäuses gestoßen, das am Ende von Fingal's Cave aufragt, wobei das Zurückwogen die Wucht des Aufpralls milderte; zur Hälfte zerbrach es dort, aber Olivier Sinclair konnte eine Basaltklippe packen, sich dort mit der Zähigkeit eines Ertrinkenden festhalten und dann Schutz vor dem Meer finden.

Einen Augenblick darauf wurde der zertrümmerte Kahn von einer hinausströmenden Welle ergriffen und wieder nach draußen geschleudert, und im Glauben, der kühne Retter müsse umgekommen sein, sahen die Brüder Melvill und Partridge das Wrack zum Vorschein kommen.

Ein ganzer Sturm in einer Höhle

Olivier Sinclair war unversehrt und momentan in Sicherheit. Im Inneren der Grotte war es so dunkel, dass er nichts sehen konnte. Nur wenn der Eingang zwischen zwei Wellen halb von den Wassermassen befreit war, drang das Abendlicht herein.

Olivier Sinclair versuchte dennoch zu erkennen, an welcher Stelle Miss Campbell Zuflucht gefunden haben könnte ... Vergeblich. Er rief:

– Miss Campbell! Miss Campbell!

Wie lässt sich beschreiben, was in ihm vorging, als er eine Stimme antworten hörte:

– Mister Olivier! Mister Olivier!

Miss Campbell war am Leben.

Doch wohin hatte sie sich vor dem Angriff der Wellen retten können?

Auf dem schmalen Steig kroch Olivier Sinclair um das hinterste Ende von Fingal's Cave.

In der linken Wand bildete der Basalt eine Vertiefung, eine hohle Nische. Dort war ein Zwischenraum zwischen den Pfeilern. Hinter ihrer ziemlich breiten Öffnung verengte sich die Nische, sodass sie nur Platz für eine Person ließ. Die Legende gab diesem Loch den Namen »Fingalssitz«.

In diese Nische hatte sich Miss Campbell geflüchtet, als sie vom einströmenden Meer überrascht worden war.

Einige Stunden zuvor war der Höhleneingang bei ablaufendem Wasser leicht zugänglich gewesen, und das sorglose Mädchen hatte dort seinen täglichen Besuch gemacht. In ihre Träumereien versunken, ahnte sie dort nichts von der Gefahr, mit der die steigende Flut sie bedrohte; sie hatte von dem, was draußen vor sich ging, nichts bemerkt. Wie groß war ihr Entsetzen, als sie hinauswollte und durch die eindringenden Wassermassen keinen Ausweg fand!

Miss Campbell verlor jedoch nicht den Kopf; sie versuchte sich in Sicherheit zu bringen, und nach zwei oder drei vergeblichen Anstrengungen, auf den äußeren Treppenabsatz zu gelangen, konnte sie, nicht ohne zwanzigmal fast mitgerissen zu werden, jenen Fingalssitz erreichen.

Dort kauerte sie außerhalb der Reichweite des hereinbrandenden Meeres, als Olivier Sinclair sie fand.

– Oh! Miss Campbell!, rief er. Wie konnten Sie so unvorsichtig sein, sich bei einem heraufziehenden Sturm derart in Gefahr zu bringen! Wir haben geglaubt, Sie wären verloren!

– Und Sie sind gekommen, um mich zu retten, Mister Olivier, erwiderte Miss Campbell, eher berührt von dem Mut des jungen Mannes als erschreckt durch die Gefahren, die ihr noch bevorstehen mochten!

– Ich bin gekommen, um Sie aus der Klemme zu holen, Miss Campbell, und mit Gottes Hilfe wird es mir gelingen!

– Haben Sie denn keine Angst?

– Ich habe keine Angst ... nein! ... Da Sie hier sind, fürchte ich nichts mehr ... Und kann ich denn überhaupt angesichts eines solchen Schauspiels etwas anderes als Bewunderung empfinden? ... Sehen Sie doch!

Miss Campbell hatte sich bis in den hintersten Winkel der Nische zurückgezogen. Olivier Sinclair stand vor ihr und versuchte sie, so gut er konnte, zu schützen, wenn eine besonders wütende Woge sie zu erreichen drohte.

Beide schwiegen. Olivier Sinclair musste nicht sprechen, um verstanden zu werden! Wozu Worte verlieren für alles, was Miss Campbell ohnehin empfand?

Mit unaussprechlichen Ängsten, nicht um sich selbst, sondern um Miss Campbell, merkte jedoch der junge Mann, wie die Bedrohungen von draußen zunahmen. Wenn er das Heulen des Windes, das Getöse des Meeres hörte, musste er da nicht einsehen, dass der Sturm mit wachsender Wut losbrach? Musste er nicht erkennen, dass der Pegel der Wassermassen stieg mit der Flut, die sie noch mehrere Stunden lang anschwellen lassen würde?

Wie weit würde der Meeresspiegel steigen, angesichts des ungewöhnlich hohen Seegangs auf dem offenen Atlantik? Das war nicht vorauszusehen, doch es war nur zu deutlich, dass die Grotte immer mehr volllief. Gänzlich finster war es noch nicht, weil die Wellenkämme dann und wann das Licht von draußen einfingen. Außerdem ging von großen phosphoreszierenden Flecken hier und da ein gleichsam elektrisches Glühen aus, das an den Basaltvorsprüngen hängen blieb, die Kanten der Prismen erleuchtete und einen undeutlichen fahlen Schimmer zurückließ.

Beim kurzen Aufzucken dieser Blitze drehte sich Olivier Sinclair zu Miss Campbell um. Er betrachtete sie mit einer Erregung, die nicht allein von der Gefahr hervorgerufen wurde.

Miss Campbell zeigte ein heiteres Lächeln und war von dem erhabenen Schauspiel ganz überwältigt: ein Sturm in dieser Höhle!

In diesem Augenblick stieg ein größerer Brecher bis zur Vertiefung des Fingalssitzes. Olivier Sinclair glaubte schon, sie würden beide aus ihrem Hort vertrieben.

Er nahm das junge Mädchen in seine Arme wie eine Beute, die das Meer ihm entreißen wollte.

– Olivier! Olivier!, schrie Miss Campbell in einem Anfall von Entsetzen, den sie nicht bezwingen konnte.

– Seien Sie unbesorgt, Helena!, erwiderte Olivier Sinclair. Ich werde Sie beschützen, Helena! ... Ich ...

So sagte er. Er werde sie beschützen! Aber wie? Wie würde er sie der Gewalt der Wellen entreißen können, wenn diese immer heftiger tobten, wenn die Wassermassen noch höher stiegen, wenn der Platz im hintersten Winkel dieser Nische nicht mehr zu halten war? Wo würden sie eine Zuflucht finden, die außerhalb der Reichweite dieses ungeheuren Aufruhrs der See lag? All diese Möglichkeiten erschienen ihm in ihrer schrecklichen Wahrscheinlichkeit.

Vor allem ruhig Blut! Entschlossen bemühte sich Olivier Sinclair, Herr seiner selbst zu bleiben.

Und das war nötig, umso mehr, als dem jungen Mädchen wenn nicht die seelische, so doch zumindest die körperliche Kraft schließlich ausgehen würde. Dieser allzu lange, erschöpfende Kampf würde seinen Tribut fordern. Olivier Sinclair merkte, dass sie bereits allmählich schwächer wurde. Er wollte ihr Mut machen, obwohl er spürte, wie ihn selbst die Hoffnung verließ.

– Helena ... meine liebe Helena!, murmelte er. Als ich nach Oban zurückkam ... habe ich gehört ... dass Sie ... dass

L. Benett
HILDIBRAND. SC.

ich dank Ihnen aus dem Corryvreckan-Mahlstrom gerettet wurde!

– Olivier! ... Sie wissen es! ..., erwiderte Miss Campbell mit fast erloschener Stimme.

– Ja ... und heute werde ich Ihnen meinen Dank dafür erweisen! Ich werde Sie aus der Fingalshöhle retten!

Wie konnte Olivier Sinclair es wagen, in diesem Moment von Rettung zu sprechen, da die gewaltigen Wassermassen bis an den Fuß der Nische brandeten! Es gelang ihm nur teilweise, seine Gefährtin vor ihren Angriffen zu schützen. Zwei oder drei Mal wäre er fast mitgerissen worden ... Und wenn er sich hielt, dann nur durch eine übermenschliche Anstrengung, denn er spürte, wie die Arme von Miss Campbell fest verschlungen um seine Taille lagen, und begriff, dass das Meer sie mit ihm fortgetragen hätte.

Es mochte halb zehn Uhr abends sein. Der Sturm musste nun seine höchste Stärke erreicht haben. Tatsächlich stürzten die steigenden Wassermassen mit der Wucht einer Lawine in Fingal's Cave. Ihr Aufprall auf dem Boden und den Seitenwänden ergab ein ohrenbetäubendes Getöse, und ihre Gewalt war so groß, dass aus den Wänden brechende Basaltstücke beim Herabfallen dunkle Löcher in den phosphoreszierenden Schaum rissen.

Würden also unter diesen unbeschreiblichen Angriffen die Pfeiler Stein für Stein zerstört werden? Drohte das Gewölbe einzustürzen? Olivier Sinclair hatte Grund zu jeglicher Befürchtung. Auch ihn überkam eine unüberwindliche Betäubung, der er zu widerstehen versuchte. Denn manchmal fehlte es an Luft, und wenn sie im Überfluss mit den Wellen hineinströmte, so schienen die Wogen sie beim Zurückströmen wieder herauszusaugen.

In dieser Lage verließen Miss Campbell, erschöpft, wie sie war, die Kräfte, und sie fiel in Ohnmacht.

– Olivier! ... Olivier! ..., murmelte sie und sackte in seinen Armen zusammen.

Olivier Sinclair hatte sich mit dem jungen Mädchen in den tiefsten Winkel der Nische gedrängt. Er spürte ihren kalten, leblosen Körper. Er wollte sie wärmen, er wollte ihr die ganze Wärme schenken, die noch in ihm war. Doch die Wassermassen gingen ihm schon bis zur Körpermitte, und wenn auch er das Bewusstsein verlöre, wäre es um sie beide geschehen!

Der kühne junge Mann hatte jedoch die Kraft, noch mehrere Stunden durchzuhalten. Er stützte Miss Campbell, er schützte sie vor dem Anbranden des Meeres, er kämpfte, indem er sich gegen die Basaltvorsprünge stemmte – und das inmitten einer Dunkelheit, die beim Verglimmen des phosphoreszierenden Schimmers tiefschwarz wurde, inmitten dieses unausgesetzten Getöses von Aufschlägen, Brausen, Pfeifen. Dies war nun nicht mehr Selmas Stimme, die im Fingalspalast erklang! Es waren die entsetzlichen Hunde von Kamtschatka, die, wie Michelet sagt, »in den langen Nächten in großen Meuten, zu Tausenden, gegen die heulende Brandung anheulen und in wütendem Wettstreit liegen mit dem Ozean des Nordens!«.

Endlich setzte die Ebbe ein. Olivier Sinclair konnte erkennen, dass die vom offenen Meer heranrollenden Wogen mit dem Sinken der Wassermassen ein wenig zur Ruhe kamen. Nun war die Dunkelheit in der Grotte so vollkommen, dass es draußen relativ hell aussah. In diesem Halbdunkel zeichnete sich verschwommen die von der rasenden See nicht mehr versperrte Öffnung der Höhle ab. Bald erreichte nur noch die Gischt die Schwelle des Fingalssitzes. Fort war das würgende Fangseil der Wellen, das einen umschlingt und wegreißt. Hoffnung kehrte in Olivier Sinclairs Herz zurück.

Wenn man die Zeit nach dem höchsten Wasserstand berechnete, konnte man feststellen, dass Mitternacht vorüber war. Zwei Stunden noch, und es würden keine heranbrandenden Wellenberge mehr den Gehsteig überspülen. Er wäre dann wieder passierbar. Das galt es irgendwie in der Dunkelheit zu erkennen, und endlich geschah es auch.

Der Moment zum Verlassen der Höhle war gekommen.

Miss Campbell hatte jedoch das Bewusstsein noch nicht wiedererlangt. Leblos, wie sie war, nahm Olivier Sinclair sie in seine Arme, dann ließ er sich aus dem Fingalssitz gleiten und begann den schmalen Sims entlangzugehen, dessen Eisengeländer die Angriffe des Meeres verbogen, herausgerissen und zerbrochen hatten.

Wenn eine Welle auf ihn zurollte, blieb er einen Augenblick stehen oder wich einen Schritt zurück.

Olivier Sinclair war kurz vor dem Ausgang, als sich eine letzte Welle erhob und über ihm zusammenschlug ... Er glaubte, mit Miss Campbell an der Wand zerschmettert oder in den zu ihren Füßen tosenden Abgrund geschleudert zu werden.

Mit einer letzten Anstrengung gelang es ihm, sich zu halten, und beim Zurückfließen der Welle stürzte er aus der Höhle.

Im nächsten Moment hatte er den Teil der Steilküste erreicht, wo die Brüder Melvill, Partridge und die zu ihnen geeilte Dame Bess die ganze Nacht ausgeharrt hatten.

Sie waren beide gerettet.

Da verließ Olivier Sinclair die äußerste seelische und körperliche Anspannung, die er erreicht hatte; er legte Miss Campbell in die Arme von Dame Bess und brach reglos am Fuß der Klippen zusammen.

Ohne seinen Einsatz und seinen Mut wäre Helena der Höhle des Fingal nicht lebend entkommen.

Der grüne Blitz

Wie aus einem Traum erwacht, den in allen Phasen das Bild Olivier Sinclairs erfüllt hatte, kam Miss Campbell einige Minuten später in der frischen Luft von Clam-Shell wieder zu sich. Die Gefahren, denen ihre Sorglosigkeit sie ausgesetzt hatte, waren ihr nicht einmal mehr in Erinnerung.

Sie konnte noch nicht sprechen, doch beim Anblick Olivier Sinclairs stiegen ihr Tränen der Dankbarkeit in die Augen, und sie reichte ihrem Retter die Hand.

Bruder Sam und Bruder Sib drückten den jungen Mann, ohne ein Wort sagen zu können, in einer gemeinsamen Umarmung an sich. Dame Bess dankte ihm ein ums andere Mal, und Partridge hätte ihn am liebsten geküsst.

Nachdem alle die mit den Wassern von Meer und Himmel durchnässten Kleider durch trockene ersetzt hatten, schliefen sie, von Müdigkeit übermannt, ein, und die Nacht ging friedlich zu Ende.

Was sie erlebt hatten, sollte jedoch den Akteuren und Zeugen dieser Szene auf der Bühne der legendären Fingalshöhle in unauslöschlicher Erinnerung bleiben.

Während Miss Campbell am nächsten Tag auf dem ihr tief in der Höhle von Clam-Shell bereiteten Lager ausruhte, wanderten die Brüder Melvill Arm in Arm über den angrenzenden Teil des Damms. Sie sprachen nicht, aber mussten sie denn auch sprechen, um die gleichen Gedanken auszudrücken? Beide pflegten im selben Moment zustimmend zu nicken oder ablehnend den Kopf zu schütteln. Und was verlangte nun ihre Zustimmung, wenn nicht der Umstand, dass Olivier Sinclair sein Leben aufs Spiel gesetzt hatte, um das unbesonnene junge Mädchen zu retten? Und was war abzulehnen? Dass ihre anfänglichen Pläne jetzt noch zu verwirklichen waren. In dieser wortlosen Unterhaltung sagten sie sich auch vieles, dessen baldige Erfüllung Bruder Sam und Bruder Sib voraussahen. In ihren Augen war Olivier Sinclair nicht mehr Olivier! Er war niemand Geringeres als Amin, der strahlendste Heros der gälischen Heldengedichte.

Olivier Sinclair seinerseits war in recht verständlicher Aufregung. Aus Feingefühl wollte er allein bleiben. In Gegenwart der Brüder Melvill wäre er in peinlicher Verlegenheit gewesen, als fordere bereits seine bloße Anwesenheit den Preis für seinen Einsatz.

So lief er, nachdem er die Grotte von Clam-Shell verlassen hatte, über das Felsplateau von Staffa.

Unwillkürlich wanderten in diesem Augenblick all seine Gedanken zu Miss Campbell. An die Gefahren, auf die er sich eingelassen, die er freiwillig mit ihr geteilt hatte, dachte er gar nicht mehr. Was ihm in Erinnerung war von dieser grauenhaften Nacht, das waren die in jener dunklen Nische mit Helena verbrachten Stunden, als er sie mit seinen Armen umfasst hielt, um sie vor dem Sog der Wellen zu schützen. Er sah das Antlitz des schönen jungen Mädchens in den phosphoreszierenden Lichtblitzen wieder vor sich, mehr aus Erschöpfung erblasst als aus Furcht, unerschrocken den Rasereien des Meeres zugewandt wie eine Windsbraut! Wieder hörte er sie antworten: »Wie, Sie wussten es?«, als er ihr gesagt hatte: »Ich weiß, was Sie getan haben, als ich kurz davor war, im Corryvreckan-Mahlstrom umzukommen!« Wieder befand er sich im tiefsten Winkel dieser engen Zuflucht, dieser Nische, die eher dazu geschaffen war, ein Standbild aus kaltem Stein zu beherbergen, wo aber zwei liebende junge Menschen über so viele Stunden einer neben dem anderen gelitten und gekämpft hatten. Da hatte es nicht mehr Sinclair und Miss Campbell geheißen. Sie hatten sich Olivier und Helena genannt, als hätten sie in dem Augenblick, da der Tod sie bedrohte, in ein neues Leben aufbrechen wollen!

So verquickten sich im Kopf des jungen Mannes die lebhaftesten Vorstellungen, als er über das Felsplateau von Staffa streifte. Wie groß seine Sehnsucht auch war, zu Miss Campbell zurückzukehren, eine unbezwingbare Kraft hielt ihn gegen seinen Willen davon ab, weil er vielleicht in ihrer Gegenwart etwas gesagt hätte und doch schweigen wollte.

Wie es bisweilen vorkommt nach einer atmosphärischen Störung, die ebenso schnell verschwunden ist, wie sie heraufgezogen kam, war unterdessen mit einem Himmel von vollkommener Klarheit das Wetter wunderbar geworden. Meist hinterlässt dieses gewaltige Hereinfegen der Südwestwinde keine Spur und gibt dem Luftraum über der See eine unvergleichliche Transparenz zurück. Die Sonne hatte ihren höchsten Stand überschritten, ohne dass sich der Horizont in den leichtesten Nebelschleier gehüllt hätte.

Olivier Sinclair schwirrte also der Kopf, als er durch

diesen von dem Felsplateau zurückgeworfenen blendend hellen Glanz lief. Er badete in diesen warmen Strömen, er atmete die Meeresbrise, er schöpfte neue Kraft in der belebenden Luft.

Als er plötzlich den weiten Meereshorizont vor sich sah, fiel ihm etwas wieder ein – etwas, das in den Gedanken, die ihn nun nicht mehr losließen, ganz in Vergessenheit geraten war.

– Der grüne Blitz!, rief er. Wenn je ein Himmel für unsere Beobachtung geeignet war, dann wohl dieser! Keine einzige Wolke, nicht der geringste Dunst! Und es ist sehr unwahrscheinlich, dass Wolken aufziehen nach dem gestrigen schrecklichen Sturm, der sie alle nach Osten getrieben haben muss. Und Miss Campbell ahnt nicht einmal, dass ihr der Abend dieses Tages vielleicht einen prächtigen Sonnenuntergang beschert! ... Man muss ... man muss es ihr sagen ... unverzüglich! ...

Glücklich über diesen so unverfänglichen Grund, zu Helena zurückzukehren, lief er zur Grotte von Clam-Shell.

Kurz darauf stand er vor Miss Campbell und ihren beiden Onkeln, die sie liebevoll anblickten, während Dame Bess ihre Hand hielt.

– Miss Campbell, sagte er, es geht Ihnen besser! ... Wie ich sehe ... Sie sind wieder bei Kräften?

– Ja, Mister Olivier, erwiderte Miss Campbell, die beim Anblick des jungen Mannes erbebte.

– Ich denke, es täte Ihnen gut, fuhr Olivier Sinclair fort, auf das Felsplateau zu gehen und ein wenig diese vom Sturm gereinigte leichte Brise zu atmen. Die Sonne ist herrlich, sie wird Sie aufwärmen.

– Mister Sinclair hat recht, sagte Bruder Sam.

– Vollkommen recht, fügte Bruder Sib hinzu.

– Und dann muss ich Ihnen sagen, hob Olivier Sinclair von Neuem an, wenn meine Vorahnungen mich nicht täuschen, wird, glaube ich, in wenigen Stunden Ihr sehnlichster Wunsch in Erfüllung gehen.

– Mein sehnlichster Wunsch?, murmelte Miss Campbell, als spräche sie zu sich selbst.

– Ja ... der Himmel ist erstaunlich klar, und es ist sehr wahrscheinlich, dass die Sonne an einem wolkenlosen Horizont untergeht!

– Ist es denn möglich?, rief Bruder Sam.

– Ist es denn möglich?, wiederholte Bruder Sib.

– Und ich habe allen Anlass, zu glauben, fügte Olivier Sinclair hinzu, dass Sie noch heute Abend den grünen Blitz sehen können.

– Den grünen Blitz! ..., erwiderte Miss Campbell.

Und sie schien in ihrem ein wenig verwirrten Gedächtnis nachzuforschen, was für ein Blitz das war.

– Ach ja! ... Richtig!, sagte sie schließlich. Wir sind ja hergekommen, um den grünen Blitz zu sehen!

– Also los!, sagte Bruder Sam, entzückt von der sich bietenden Gelegenheit, das junge Mädchen aus der Betäubung zu reißen, in der es zu versinken drohte. Auf zur anderen Seite der Insel!

– Und danach wird uns das Dinner umso besser schmecken, fügte Bruder Sib fröhlich hinzu.

Es war nun fünf Uhr nachmittags.

Angeführt von Olivier Sinclair, verließ sogleich die ganze Familie, einschließlich Dame Bess und Partridge, die Höhle von Clam-Shell, stieg die Holztreppe hinauf und erreichte den Rand des oberen Felsplateaus.

Man hätte die Freude der beiden Onkel beim Anblick dieses wunderbaren Himmels sehen sollen, an dem das Leuchtgestirn langsam niedersank. Vielleicht übertrieben sie, doch nie, nein, niemals hatten sie eine solche Begeisterung für das Phänomen gezeigt! Es schien, als habe man vor allem für sie selbst, und nicht für Miss Campbell, so viele Ortswechsel unternommen und so vieles durchgestanden, vom Cottage in Helensburgh auf dem Weg über Oban und Iona bis nach Staffa! An diesem Abend versprach der Sonnenuntergang wirklich so schön zu werden, dass auch der unsensibelste, nüchternste, prosaischste der Kaufleute aus der Stadt oder der Händler von Canongate das sich vor ihren Augen entfaltende Meerespanorama bewundert hätte.

In dieser salzigen Luft, die mit einer leichten Brise vom offenen Meer hereinwehte, merkte Miss Campbell, wie sie wieder auflebte. Beim Anblick des nahen Atlantiks riss sie weit die leuchtenden Augen auf. Ihre vor Erschöpfung blassen Wangen bekamen wieder den rosigen Teint einer Schottin! Wie schön sie so war! Wie viel Charme ihre Person ausstrahlte! Olivier Sinclair folgte in einigem Abstand und betrachtete sie schweigend, und er, der sie bis jetzt ohne jede Verlegenheit auf ihren langen Spaziergängen begleitet hatte, wagte sie nun, verwirrt und bangen Herzens, kaum anzusehen!

Die Brüder Melvill aber strahlten tatsächlich wie die Sonne. Begeistert redeten sie dem Gestirn zu. Sie baten es, in einem Horizont ohne Nebelschwaden unterzugehen. Sie flehten es an, ihnen am Ende dieses herrlichen Tages seinen letzten Strahl zu senden.

Und die Erinnerungen an ossianische Dichtungen flogen Vers um Vers zwischen ihnen hin und her.

»O du, die du, rund wie der Schild unserer Väter, über unseren Köpfen dahinrollst, sag uns, woher kommen deine Strahlen, o göttliche Sonne! Woher kommt dein ewiges Licht?«

»Du gehst auf in majestätischer Schönheit! Die Sterne verblassen am Firmament! Der bleiche und kalte Mond verbirgt sich in den Wogen im Okzident! Du allein steigst empor, o Sonne!«

»Wer könnte dich in deinem Lauf begleiten? Der Mond verliert sich in den Himmeln: Nur du bleibst unverwandelt! Du erfreust dich ohne Unterlass an deiner glänzenden Bahn!«

»Wenn der Donner rollt und der Blitz zuckt, steigst du in deiner ganzen Schönheit aus den Wolken und verlachst den Sturm!«

In dieser begeisterten Stimmung gingen alle zum offenen Meer an das äußerste Ende des Felsplateaus von Staffa. Dort setzten sie sich auf die letzten Klippen vor einen Horizont, dessen fein gezogene Linie zwischen Himmel und Wasser nichts trüben sollte.

Und dieses Mal gäbe es keinen Aristobulus Ursiclos, um das Segel eines Schiffes zwischen den Sonnenuntergang und das Eiland von Staffa zu bringen oder einen Schwarm Seevögel aufsteigen zu lassen!

Als der Abend nahte, legte sich der Wind, und die letzten Wellen erstarben am Fuß der Klippen im Wiegen der Brandung. Weiter draußen hatte das Meer, glatt wie ein Spiegel, jenen öligen Anschein, den schon die geringste Rille zerstört hätte.

All diese Umstände eigneten sich also wunderbar zur Beobachtung des Phänomens.

Doch eine halbe Stunde später zeigte Partridge nach Süden und rief:

– Ein Segel!

Ein Segel! Würde es noch einmal vor der Sonnenscheibe vorüberziehen, in dem Augenblick, da sie in den Fluten versänke? Das wäre tatsächlich mehr als nur Pech!

Das Schiff kam aus der schmalen Wasserstraße zwischen der Insel Iona und der Spitze von Mull. Es segelte mit dem Wind, jedoch eher mit der steigenden Flut als mit der fast gänzlich abgeflauten Brise, die seine Segel kaum blähen konnte.

– Das ist die *Clorinda*, sagte Olivier Sinclair, und da sie Kurs auf den Osten von Staffa nimmt, um dort vor Anker zu gehen, wird sie die Landseite entlangfahren und unsere Beobachtung nicht stören können.

Es war tatsächlich die *Clorinda*, welche die Insel Mull südlich umfahren hatte und nun zu ihrem Ankerplatz in der Bucht von Clam-Shell zurückkehrte.

So richteten sich alle Blicke wieder auf den Horizont im Westen. Die Sonne sank bereits mit der Geschwindigkeit, die sie in Meeresnähe zu beflügeln scheint. Auf den Fluten zitterte eine breite silberne Bahn, ausgehend von der Sonnenscheibe, deren Helligkeit noch unerträglich war. Vom Farbton alten Goldes, den sie beim Sinken bekam, ging sie bald ins Rotgoldene über. Wenn man die Lider schloss, gaukelten einem rote Rauten und gelbe Kreise vor Augen, die sich überschnitten wie die flüchtigen Farben des Kaleidoskops. Leichte Wellen durchzogen jene Art Kometenschweif, den die Spiegelung auf die Wasseroberfläche warf. Es war wie ein Glimmern silberner Pailletten, deren Glanz in Ufernähe verblasste.

Von einer Wolke, von Nebel, von einem noch so zarten Dunst war am gesamten Horizont nichts zu sehen. Nichts trübte die Klarheit dieser Kreislinie, die ein Zirkel nicht feiner auf weißes Velinpapier hätte bringen können.

Bewegter, als man hätte glauben mögen, schauten alle reglos auf den Sonnenball, der in schräger Bahn auf den Horizont zu immer weiter sank und für einen Augenblick gleichsam über dem Abgrund hing. Dann machte sich allmählich die Verformung der von der Lichtbrechung verwandelten Scheibe bemerkbar; sie verbreiterte sich auf Kosten ihres vertikalen Durchmessers und erinnerte an die Form einer bauchigen etruskischen Vase, deren Fuß im Wasser stand.

Es gab keinen Zweifel mehr am Erscheinen des Phänomens. Nichts würde diesen wunderbaren Untergang des Leuchtgestirns stören! »Nichts sollte den letzten seiner Strahlen verdecken!«

Bald verschwand die Sonne zur Hälfte hinter der Horizontlinie. Ein paar Lichtblitze trafen wie goldene Pfeile die ersten Klippen von Staffa.

Dahinter erglühten die Steilküste von Mull und der Gipfel des Ben More im Purpurrot eines feurigen Pinselstrichs.

Schließlich lag nur noch ein winziges Segment der Scheibe auf dem Meer.

– Der grüne Blitz! Der grüne Blitz!, riefen einstimmig die Brüder Melvill, Bess und Partridge, deren Blicke für eine Viertelsekunde den unvergleichlichen Farbton flüssiger Jade erhascht hatten.

Nur Olivier und Helena hatten nichts gesehen von dem Phänomen, das nach so vielen vergeblichen Beobachtungen soeben endlich erschienen war!

HILD. I

In dem Augenblick, als die Sonne ihren letzten Strahl durch den Himmelsraum warf, begegneten sich ihre Blicke, und beide versanken in der gleichen Betrachtung! ...

Helena aber hatte den schwarzen Blitz gesehen, den die Augen des jungen Mannes sandten, Olivier den blauen Blitz, der aus den Augen des jungen Mädchens schoss!

Die Sonne war vollständig verschwunden: Den grünen Blitz hatten weder Olivier noch Helena gesehen.

Schluss

Am nächsten Tag, dem 12. September, lichtete die *Clorinda* bei ruhiger See und günstiger Brise den Anker und lief unter vollen Segeln durch den Südwesten des Hebridenarchipels. Bald verschwanden Staffa, Iona und die Spitze von Mull hinter der hohen Steilküste der großen Insel.

Nach glücklicher Überfahrt gingen die Passagiere der Jacht im kleinen Hafen von Oban von Bord, dann fuhren sie mit der Bahn von Oban nach Dalmally und von Dalmally nach Glasgow und durch die malerischste Gegend der Highlands zurück zum Cottage von Helensburgh.

Achtzehn Tage später wurde in Glasgows St.-George-Kirche feierlich Hochzeit gehalten; man muss allerdings sagen, dass es nicht die von Aristobulus Ursiclos und Miss Campbell war. Obwohl der Bräutigam Olivier Sinclair hieß, waren Bruder Sam und Bruder Sib offensichtlich nicht weniger zufrieden als ihre Nichte.

Es muss nicht eigens betont werden, dass die unter solchen Umständen geschlossene Verbindung alle Voraussetzungen zum Glück besaß. Das Cottage von Helensburgh, das Stadtpalais in der West-George Street in Glasgow, ja, die ganze Welt hätte kaum genügt, all das Glück zu fassen, das indes in der Höhle des Fingal Platz gefunden hatte.

Olivier Sinclair lag es am Herzen, die Erinnerung an jenen auf dem Felsplateau von Staffa verbrachten letzten Abend dauerhafter festzuhalten, obwohl er das lang gesuchte Phänomen selbst nicht gesehen hatte. So stellte er eines Tages einen »Sonnenuntergang« mit einem ganz besonderen Effekt aus: Auf dem Bild war, wie mit flüssigem Smaragd gemalt, eine Art grüner Blitz von äußerster Leuchtkraft sehr zu bewundern.

Neben Bewunderung rief das Kunstwerk auch Debatten hervor, wobei die einen erklärten, es sei ein herrlich wiedergegebenes natürliches Phänomen, während die anderen behaupteten, das sei reine Einbildung und die Natur bringe diese Wirkung niemals hervor.

Letzteres führte zu großer Empörung bei den beiden Onkeln, die ihn ja gesehen hatten, diesen Blitz, und dem jungen Maler recht gaben.

– Und es ist sogar besser, sagte Bruder Sam, den grünen Blitz als Gemälde zu betrachten …

– … als in der Natur, ergänzte Bruder Sib, denn so viele Sonnenuntergänge nacheinander zu beobachten, verdirbt einem völlig die Augen.

Und sie hatten recht, die Brüder Melvill.

Zwei Monate darauf gingen die beiden Ehegatten und die Onkel vor dem Park des Cottage am Ufer des Clyde spazieren, als sie unerwartet Aristobulus Ursiclos begegneten.

Der junge Gelehrte, der voller Interesse die Baggerarbeiten im Fluss verfolgte, war auf dem Weg zum Bahnhof von Helensburgh, als er seine ehemaligen Gefährten aus Oban erblickte.

Zu behaupten, Aristobulus Ursiclos habe unter dem Rückzug von Miss Campbell gelitten, hieße, ihn schlecht zu kennen. Daher kam er auch nicht in die geringste Verlegenheit, als er vor Mistress Sinclair stand.

Man begrüßte sich. Aristobulus Ursiclos gratulierte höflich den Neuvermählten.

Die Brüder Melvill konnten angesichts der guten Stimmung nicht verbergen, wie glücklich diese Verbindung sie machte.

– So glücklich, sagte Bruder Sam, dass ich mich manchmal, wenn ich allein bin, beim Lächeln ertappe.

– Und ich mich beim Weinen, sagte Bruder Sib.

– Nun, Gentlemen, gab Aristobulus Ursiclos zu bedenken, man muss schon sagen, dass Sie da zum ersten Mal uneins sind. Der eine weint, der andere lächelt ...

– Das ist ein und dasselbe, Mister Ursiclos, wandte Olivier Sinclair ein.

– Genau, setzte die junge Frau hinzu, indem sie ihren beiden Onkeln die Hand reichte.

– Wie, ein und dasselbe?, entgegnete Aristobulus Ursiclos in jenem Ton der Überheblichkeit, der ihm so gut stand. Aber nein! ... Ganz und gar nicht! Was ist denn das Lächeln? Ein willkürlicher und eigenartiger Ausdruck der Gesichtsmuskeln, der mit den Phänomenen der Atmung wenig zu tun hat, während die Tränen ...

– Die Tränen? ..., fragte Mistress Sinclair.

– ... nur eine Laune sind, die den Augapfel befeuchtet, eine Mischung aus Natriumchlorid, Calciumphosphat und Sodachlorat!

– In chemischer Hinsicht haben Sie recht, Sir, sagte Olivier Sinclair, aber auch nur in dieser.

– Diese Einschränkung verstehe ich nicht, erwiderte Aristobulus Ursiclos säuerlich.

Und mit der Steifheit eines Mathematikers grüßend, setzte er gemessenen Schrittes den Weg zum Bahnhof fort.

– Ganz Mister Ursiclos, sagte Mistress Sinclair, der Herzensdinge so erklären zu können meint, wie er den grünen Blitz erklärt hat!

– Doch eigentlich, meine liebe Helena, erwiderte Olivier Sinclair, haben wir ihn gar nicht gesehen, diesen Blitz, den wir so gerne sehen wollten!

– Wir haben Besseres gesehen!, sagte die junge Frau leise. Wir haben das Glück selbst gesehen – das Glück, das die Legende an die Beobachtung dieses Phänomens geknüpft hat! ... Da wir es gefunden haben, mein lieber Olivier, möge es uns genug sein, und überlassen wir doch denen, die es nicht kennen und gern kennenlernen möchten, die Suche nach dem grünen Blitz!

Nachwort

von

James Hamilton-Paterson

Aus dem Englischen von
Thomas Bodmer

Von meteorologischen Ereignissen und Himmelserscheinungen ist immer schon ein besonderer Zauber ausgegangen. Je seltener ein Phänomen, desto größer die Faszination. Noch heute sind auch viele Nichtwissenschaftler bereit, Kontinente zu durchqueren, um eine totale Sonnenfinsternis zu beobachten. Was sie anzieht, ist einerseits die Aussicht auf ein einmaliges Erlebnis, andererseits aber, so vermute ich, auch ein Rest alter abergläubischer Vorstellungen, die solchen Dingen besondere Bedeutung zumessen. Die Wissenschaft hat die Natur mittlerweile in so vieler Hinsicht gezähmt und entmystifiziert, dass wir den Drang verspüren, die Ehrfurcht vor ihr von der Müllkippe zurückzuholen, auf die wir diese Empfindung einst geschmissen haben. Daher rührt auch unser wiedererwachtes Interesse am »grünen Blitz« oder »grünen Strahl«.

Der grüne Blitz ist etwas, das sich gelegentlich bei Sonnenuntergang ereignet und bestenfalls ein paar Sekunden anhält, weshalb es nicht sehr häufig beobachtet wird. Er kann in dem Moment auftreten, da die Sonne hinter dem Horizont verschwindet, besonders auf See. In der Regel zeigt sich ein smaragdgrüner heller Fleck über dem letzten Fitzelchen Sonne und hält sich dort ein, zwei Sekunden nach deren Verschwinden. In selteneren Fällen blitzt vom Ort ihres Verschwindens ein grüner Strahl auf. Bereits die alten Ägypter berichteten von diesem Phänomen, doch erklärt werden konnte es erst im 20. Jahrhundert, als man begriff, wie die Atmosphäre das Licht der untergehenden Sonne bricht und welche Eigenheiten das menschliche Sehvermögen hat.

Die Atmosphäre funktioniert wie ein Prisma, welches das Sonnenlicht in seine Spektralfarben aufspaltet, von denen jede in einem anderen Winkel gebrochen wird. Wenn die Sonne sinkt, dringen ihre Strahlen durch die nach unten immer dichter werdende Atmosphäre zum Betrachter, und immer mehr Spektralfarben werden absorbiert oder zerstreut, bis nur noch Rot und Grün übrig sind. Fotografien zeigen: Wenn die Sonne zur Hälfte hinter dem Horizont versunken ist, kann ihr oberer Saum eine deutlich grüne Färbung aufweisen, was das menschliche Auge jedoch nicht wahrnimmt, weil es vom Rot der Sonnenscheibe überwältigt wird. Wenn diese verschwindet, schrumpft der grüne Saum und konzentriert sich: Je mehr er sich zu einem bloßen Punkt zusammenzieht, desto heller wird er. Dieses Grün wird für das Auge erst sichtbar, wenn das Rot nicht mehr da ist. Plötzlich zeigt sich ein grellgrüner Fleck, und wir nehmen einen grünen Blitz wahr. Dass wir dies nicht jedes Mal sehen, wenn die Sonne am wolkenlosen Himmel untergeht, liegt daran, dass die atmosphärischen Bedingungen genau richtig sein müssen. Werden die gelben und orangefarbenen Wellenlängen des Lichts nicht gründlich genug absorbiert, geht der Effekt verloren. Einen grünen Blitz zu erhaschen, ist deshalb ein vergleichsweise seltenes Ereignis, und das ist zweifellos der Grund, weshalb diese Naturerscheinung eine gewisse mythische Bedeutung erhalten hat.

Eine größere Öffentlichkeit begann sich für das Phänomen zu interessieren, als Jules Verne 1882 seinen Roman *Le rayon vert (Der grüne Blitz)* veröffentlichte. Zu diesem Zeitpunkt war er bereits berühmt als Autor von vier Romanen unter dem Sammeltitel *Voyages extraordinaires*, nämlich *Voyage au centre de la terre* (1864), *De la terre à la lune* (1865), *Vingt mille lieues sous les mers* (1869) und *Le tour du monde en quatre-vingts jours* (1872). Diese fantasievollen Abenteuergeschichten machten ihn nicht nur reich, ihretwegen sollte Verne auch als erster Science-Fiction-Schriftsteller der Welt verehrt werden. *Le rayon vert* gehört nicht zu seinen Science-Fiction-Werken, doch der Roman lässt erkennen, dass Verne über beträchtliche naturwissenschaftliche Kenntnisse verfügte, besonders auf dem Gebiet der Geologie und der Chemie.

Die Geschichte spielt in Schottland in den Achtzigerjahren des 19. Jahrhunderts und dreht sich um Helena Campbell, eine romantisch veranlagte Achtzehnjährige, die als Mündel bei ihren Onkeln, zwei Brüdern mittleren Alters, aufwächst. Es wird nie wirklich klar, was diese beiden trüben Tassen täglich tun, außer Unmengen von Tabak zu schnupfen, Arm in Arm spazieren zu gehen und ihre Ziehtochter verkuppeln zu wollen. Zu Beginn der Geschichte haben sie für Helena gerade einen künftigen Ehemann ausgewählt: einen humorlosen Wissenschaftler mit dem fantastischen Namen Aristobulus Ursiclos. Er ist achtundzwanzig, Brillenträger, hat schütteres Haar und einen Bart, der »ihm ein affenähnliches Antlitz verlieh«. Warum die beiden Vormunde für ihre schöne Ziehtochter ein solch unattraktives Exemplar ausgewählt haben, bleibt rätselhaft. Nicht besser als das Äußere des Herrn ist sein Inneres: Verne macht deutlich, dass Ursiclos zwar eine Fülle trockenen Wissens birgt, welches er bei jeder Gelegenheit gnadenlos an die Frau bringt, dass er zugleich aber vollkommen eigennützig ist. Helena jedenfalls liest in der *Morning Post* einen Artikel über das Phänomen des grünen Blitzes. Schon früher hat sie davon gehört, durch »eine geheimnisvolle Legende unter so vielen anderen in den Highlands entstandenen«. Dieser Legende nach können Menschen, die den grünen Blitz gesehen haben, sich in Gefühlsdingen nicht mehr täuschen, weil sie augenblicklich befähigt werden, in ihrem eigenen Herzen und in dem der anderen zu lesen. Aus diesem Grund will Helena eine Heirat mit Ursiclos nicht erwägen, bevor sie selbst den grünen Blitz gesehen hat.

Der Rest des Romans ist eine Schilderung von Helenas rastlosen Reisen entlang der Westküste Schottlands, auf der Suche nach dem richtigen Ort, um das Phänomen zu beobachten. Auf dieser Pilgerreise wachsen Helenas Abscheu vor Ursiclos und ihre Zuneigung zu und Bewunderung für Olivier Sinclair, einen romantischen jungen Maler von reizvollem Aussehen und großem Mut. Im Grunde ist diese skurrile Geschichte ein viktorianischer Liebesroman mit Olivier als Helden und Ursiclos als seinem Caliban-artigen Gegenspieler. Verne muss sich bewusst gewesen sein, dass Ursiclos nichts als ein Abziehbild ist: der Inbegriff des pedantischen Langweilers, ganz von sich eingenommen und ohne jedes Einfühlungsvermögen. Seine Hauptfunktion in der Geschichte besteht darin, Helena immer dann, wenn sie drauf und dran ist, den grünen Blitz zu sehen, die Aussicht zu verstellen. Eine Nebenfunktion ist, Verne darüber spekulieren zu lassen, ob Wissenschaftlichkeit der Feind der Romantik sei. »Mister Ursiclos wird mir mit seinen Erklärungen noch meinen grünen Blitz verderben!«, beklagt sich Helena einmal bitterlich. Selbstverständlich kommt alles, wie es kommen muss, doch am Ende erhält das Ganze eine hübsche ironische Wendung, wenn Helena und Olivier einander verliebt in die Augen schauen und dabei den grünen Blitz verpassen.

Auf die romantischen Elemente der Geschichte wird großer Wert gelegt. Schauplatz sind die Hebriden, und ein Höhepunkt ist die Szene in Fingal's Cave auf der Insel Staffa. Diese Höhle war im 19. Jahrhundert schon eine romantische Touristenattraktion, bevor Mendelssohn sie 1829 besuchte. Ihn inspirierte sie zur Konzertouvertüre *Die Hebriden oder Die Fingalshöhle*, Ursiclos ist sie Anlass zu Ausführungen über Basalt. Helena und ihre Onkel wiederum neigen dazu, Gedichte von Ossian zu rezitieren, die nach ihrer Veröffentlichung 1765 in ganz Europa ungeheuer populär wurden. Sie erschienen erstmals auf Englisch als Übersetzungen aus dem schottischen Gälisch, wurden rasch in ein Dutzend weiterer Sprachen übersetzt und hatten großen Einfluss auf Goethe, Herder und andere Sturm-und-Drang-Dichter. Doch von Anfang an sagten Skeptiker, Ossian habe es nie gegeben und mindestens ein Teil der Gedichte stamme von seinem angeblichen Übersetzer James Macpherson. Heute ist man sich im Wesentlichen einig, dass Macpherson alle Gedichte selbst geschrieben hat, auf der Grundlage von Legenden und Geschichten, die er in den Highlands gesammelt hatte.

Interessant ist, dass Verne in *Le rayon vert* als sein eigener Macpherson gewirkt zu haben scheint, denn niemand hat je seine ursprüngliche »Legende aus den Highlands« aufzuspüren vermocht oder sonst eine gälische Volkssage, in welcher der grüne Blitz auch nur am Rande erwähnt würde. Die Geschichte, wer den grünen Blitz gesehen habe, erhalte sofortigen Einblick in die wahren Gefühle, hat Verne deshalb mit großer Wahrscheinlichkeit selbst erfunden. Es war der fantastische Einfall eines Romanautors, ausgehend von einem Naturphänomen, vergleichbar mit all den Mythen über Regenbogen, wie zum Beispiel demjenigen, dass sich am Ende eines Regenbogens ein Topf voll Gold befinde.

Vernes Erfindung ist bestimmt ein gewichtiger Grund dafür, dass der grüne Blitz in der Folge populär wurde. 1986, rund hundert Jahre nach der Veröffentlichung des Romans, gewann bei den Filmfestspielen von Venedig Eric Rohmers Film *Le rayon vert (Das grüne Leuchten)* den Goldenen Löwen. Als eigenständiges Kunstwerk, das im zeitgenössischen Frankreich spielt, kommt er ohne Schottland- und Ossian-Romantik aus. Aus Vernes Heldin Helena wird hier Delphine, eine unglückliche Pariser Sekretärin, deren Sommerurlaubspläne ins Wasser gefallen sind. Sie wird von wohlmeinenden Freunden eingeladen, mit ihnen in Cherbourg, den Alpen oder Biarritz Ferien zu machen. Doch jedes Mal hat sie schon nach ein paar Tagen genug, weil sie sich in der sie umgebenden Urlaubsfröhlichkeit erst recht einsam fühlt. Dann hört sie eines Tages, wie eine Gruppe älterer Touristen auf einer Ufermauer über Vernes Roman diskutiert. So erfährt sie nicht nur etwas von der Existenz des grünen Blitzes, sondern auch von der Legende, dass ein Mensch, der den Blitz gesehen habe, seine wahren Wünsche genau wie die seines Gegenübers erkennen könne. Delphine lernt schließlich einen jungen Kunstschreiner kennen, der ihr gefällt, will sich aber nicht wirklich auf ihn einlassen, bis sie und er gemeinsam die Sonne untergehen sehen und den grünen Blitz erlebt haben. Das tun sie dann auch. Also hat auch der Film ein romantisches Happy End, aber Rohmers Version ist eine psychologisch überzeugende Bearbeitung der erfundenen Legende, außerdem ein wenig subtiler als die von Verne.

Mittlerweile ist die Idee vom grünen Blitz oder grünen Strahl bis nach Hollywood gedrungen. Sie kam 2007 in der überaus langen und eher öden dritten Folge von *Fluch der Karibik* vor: Dank dem grünen Blitz konnte dort Johnny Depp als Kapitän Jack Sparrow dem Spind von Davy Jones – mit anderen Worten: der Totenwelt – entkommen. Der grüne Blitz ist hier somit ein ähnlich plausibles mystisches Hilfsmittel wie der Regenbogen für Dorothy alias Judy Garland in *Der Zauberer von Oz*.

Zum Schluss noch eine persönliche Bemerkung: Ich habe den grünen Blitz zweimal gesehen, einmal auf den Philippinen, das zweite Mal an Bord eines schottischen Trawlers. Ich schätze mich glücklich, ihn gesehen zu haben, muss aber gestehen, dass er mir beide Male nicht den geringsten Einblick in meine Gefühle oder die irgendeiner anderen Person gewährt hat. In Liebesdingen habe ich vielmehr mein Leben lang katastrophal danebengegriffen. Das sagt über Legenden aber nichts anderes, als was ich bereits gewusst habe.

Inhalt

Jules Verne, 1828 in Nantes geboren, wurde mit einem Werk von 80 Romanen zum meistgelesenen und -übersetzten Autor seiner Zeit. Hinter seinen spektakulären Visionen technischer Wunder, die zum Teil später Wirklichkeit wurden *(Von der Erde zum Mond, 20 000 Meilen unter den Meeren)*, blieb der literarische Wert seines Schaffens weitgehend unbemerkt; heute wird seine Sprachkunst immer deutlicher erkannt. Jules Verne starb 1905 in Amiens.

Cornelia Hasting, geboren 1950 in Lüneburg, arbeitet seit dem Studium der Germanistik und Kunstgeschichte als freie Übersetzerin. Sie hat vor allem französische Literatur des 19. Jahrhunderts ins Deutsche übertragen, darunter Stendhal, Flaubert, Renard, Alain-Fournier, Huysmans. Für mare übertrug sie zuletzt Guy de Maupassants *Auf See* ins Deutsche (2012).